為谷神和自己而寫

悲・慧・生死書

王溢嘉——著

自序

走過死亡幽谷的跫音

兒子谷神過世已將近一年。這一年，可說是我人生至此，最悲慟、慌亂、困頓與難過的一段時光。

雖然地球照樣轉動，太陽依舊照耀，我每天還是得照樣過日子，但經常就那麼一瞬間，或是在捷運車廂裡、與友人聚會的餐桌上、和妻子晨間散步的途中，「兒子已經不在了！」的想法驀地浮上來，我心頭就一陣酸緊，覺得眼前的一切忽然變得陌生，失去了眞實感，恍若夢幻泡影。

眞是塵世如幻、人生若夢啊！但終究不是世界淪爲夢幻泡影，而是兒子和我的人生成了夢幻泡影。

我只能提醒自己，不要再把自己的不幸投射到外在世界，在將眼光收攏，返觀自身，不得不黯然接受兒子已經永遠離開的殘酷事實後，我才冷冷地靜下心來，坐在窗前，看著我在窗玻璃裡的模糊身影，默默回想自己是怎麼走過這段日子的。

剛開始，除了悲慟與不捨，更有太多的懊惱、追悔與自責，總覺得自己有什麼地方做得不對、不好，才會讓兒子這麼年輕就倉促地畫下人生的句點。但再多的追悔也追不回兒子的一分一秒，只是讓自己像坐在旋轉木馬上轉啊轉，不過是在原地兜圈子而已。

接下來是一連串的喪葬儀式：做七時，我夜夜手持佛經誦念；告別式裡，凝神靜聽谷神師友對他的緬懷與肯定；然後目送兒子的遺體火化、靈骨進塔，走完他生命的最後一程。這些儀式看似在以我們的慈愛爲兒子鋪妥前往另一個世界的路途，但其實也是在滌濾我們的心靈，讓悲痛得到淨化與撫慰。

身爲一個作家，臉書多年來已形同我的自媒體。谷神的告別式後，我開始在臉書撰寫兒子驟然離世所帶給我的心理衝擊與反思，也接到許多老友、讀友、網友的留言或私信。瀏覽與書寫兒子過世所帶來的諸般因緣，成了我這一年來最重要的日常功課。

我的學長好友林衡哲私信給我：「……希望節哀保重。或許上帝要考驗你，讓你寫出更有深度的作品。」在後來與他的通話中，我說：「也許是上蒼認爲我太不自量力、太自鳴得意了，所以伸手一個撥弄，就讓我那自以爲是的幸福在瞬間崩解。」

午夜夢迴，我悲從中來。在朦朧中覺得自己已被點醒：在面對人生時，我還不夠謙卑，謙卑到知道自己只不過是在狂風巨浪中浮沉漂搖、渺小無助的一片浮萍。

或許上蒼想藉此考驗我：在我被殘酷的命運之箭射中後，我一向所信持的人生信念、價值觀在被劇烈搖撼之後，是否已經崩壞，淪爲廢墟？

後來，我從網友處得知陳文茜在《文茜的世界周報》轉貼了兩篇拙文，我私信謝謝她，她也回我：「關於死亡，走的人未必痛苦。生命的逆境，考驗的往往是活著的人。」我想，這也是幾乎天天受病痛折磨的她的肺腑之言。「生命之事，只剩餘生，能否多一點善，多一點貢獻。」

的確，回復本來面目的谷神已一片清淨、無知無覺、無苦無樂、不動不搖；在悲痛、不捨、懊惱、追悔、自責的只是還活著的我們。但若一直耽溺在這些負面情緒中，無法自拔，不正表示自己已被苦難糾纏住，甚至打趴在地了嗎？

「受苦的人沒有悲觀的權利」，繼續悲觀虛無，只會讓我陷入更大的苦難中。我要勇於接受考驗，像扛起十字架般扛起自己的苦難。老天用惡運來折磨我，我就用「在餘生裡多一點善」來對抗它、回報它，以善制惡，這樣我才能戰勝苦難、擺脫苦難，進而超越苦難。

我說：「谷神把他尚未用完的生命又歸還給我們夫妻，三人的生命因再度纏連而得到延續。」這幾個月來，我經常在想，我們要用或能用因他而得到延續的餘生做些什麼？

在私領域，我們會展現歡顏，除了把谷神一直帶在心上，陪我們一起繼續品嘗人生的諸般況味外；也希望他能以「另一種方式繼續存在」，所以為他設立了一個網站：「王谷神的平行宇宙」，讓更多人了解英年早逝的他做過什麼事（以3D動畫為主）；也為他編了一本《山下有風：王谷神圖文集》，蒐羅他近年來的圖文作品。這些顯然都不完整，但願大家能從中看出他短暫人生裡的留白之美、侘寂之美。

在公領域，我則要將自己在遭逢喪子之痛後，觀察自己思想與心情的變化、如何得到療癒與重建人生的過程，還有做為一個父親來不及對兒子說的話等等，筆之於書，與眾生分享，特別是給有類似遭遇者借鏡。

人生自古誰無死，但千古艱難惟一死。兒子的先我而去，也讓我對生命與死亡做了很多思考。我覺得現代人跟死亡的關係已變得相當疏離，死亡成了一件讓人感到焦慮、驚惶、恐懼的陌生事體。其實，如何「活得充實」，需要學習；如何「死得安詳」，同樣需要學習；在這方面，我也提供了一些教材，給想要爲自己準備一個溫馨、自在、有意義、莊嚴、詩情畫意、乃至於別開生面、瀟灑之死的人做參考。

最後，經此劫難後，我也學會了謙卑，謙卑到能夠懷疑、承認自己以前所堅信是「對」的，很可能或者其實就是「錯」的，而不再那麼自以爲是、大言不慚。另一方面，我也學會能更慈悲地看待社會上的各種紛擾與仇恨的製造，希望在有生之年能用自己的方式爲衆生的安寧再略盡棉薄。

王溢嘉　二〇二三年二月

目次

01

頭一兩天，我一直有著如夢似幻的不真實感，一方面是來自我還無法接受兒子已經離開世間這個殘酷的事實。

另一方面是因為我覺得自己過去賴以安身立命的基石、信念等等，在剎那間都被抽離、崩解、碎裂了。

去年五月九日晚上，我在我的臉書發布這樣一個訊息：

兒子谷神已在日前因急性心梗為人生畫下倉促的句點。

我們悲痛莫名，頓感天地不仁，造化對他和我們的無情撥弄。

如今，兒子的肉身雖已安息，但也把他尚未用完的生命又歸還給我們夫妻，三人的生命因再度纏連而得到延續。

今後，我們會把谷神一直帶在心上，陪我們一起繼續品嘗人生的諸般況味。

在心有未甘地將遺憾還諸天地後，我們也要讓世人繼續看到谷神的存在，繼續發光發亮。

兒子死得太突然，讓我和妻子無比震驚、悲痛、不捨，但也只能在慌亂中爲他處理接踵而來的身後事，也只告訴幾位至親這個不幸的消息。

在頭一兩天，雖然去了很多地方、也辦了一些事，但我一直如夢似幻，覺得一下子好像走在雲端，一下子卻又彷如掉進黑洞；時而輕飄飄地像站不住腳，時而又沉重得寸步難行。

這種如夢似幻的不眞實感，一方面是來自我還無法接受兒子已經離開世間這個殘酷的事實。兒子還這麼年輕，怎麼就這樣走了呢？前幾天還在家人Line群組裡愉快交談，怎麼就這樣忽然消失了呢？這眞是突兀得讓人難以理解、無法接受啊！

我多麼希望這只是一場夢，醒來後發現谷神還好端端地就在身邊。

另一方面是因爲我覺得我過去賴以安身立命的基石、信念等等，在刹那之間都被抽離、崩解、碎裂了，我好像失去了立身之地，而在四處飄蕩、急速下墜。

爲什麼上蒼要這樣殘酷地對待谷神和我們？是我們做錯了什麼嗎？還是這是我們冥冥中已被安排好的命運？或純粹只是上帝在無意中打了個噴嚏，有一滴致命的口水不巧就落到我們身上來，而我們只能啞巴吃黃蓮，自認倒楣？

深夜無眠，在床上輾轉反側的我，想起莎士比亞《馬克白》一劇中，馬克白在最後說的一段話，朦朧中覺得它在呼喚我，但又無法確定那是什麼。反正也睡不著，於是起床，到書房裡，找出那段話：

「熄滅吧，熄滅吧，短命之燭／生命不過是一道行走的陰影，一個可憐的優伶／昂首闊步與煩惱著他在舞台上的一個時辰／爾後就再也不被聽聞／生命是一則由白癡訴說的故事／充滿了喧囂／卻毫無意義。」

沒錯！我在頭一兩天，有的正是這樣的心情。兒子已像短命之燭被吹滅了，也許他在人生舞台上有過讓人刮目的演出，但一切都已成徒然，他像一個可憐的優伶般無聲無息地退場。儘管外在世界依然在前進、依然充滿著各種喧囂，但它們都已經與我無關。對我來說，不僅毫無意義，甚至已變得荒謬可笑。

不只外在世界如此，連我過去所寫的文章，文章裡想要傳達的訊息或觀念，也都在忽然之間變得虛假、膚淺、荒謬可笑。因爲這個世界、這個人生，再也不是過去讓我感到熟悉、安穩與自在的那個世界、那個人生了。

我過去所喜歡、所奉持、所宣揚的很多美好事物、品格、價值觀、生命意義等，都因爲兒子的驟然離世，而跟著一一被貼上個「死」字，或被打了個大問號。一切似乎都變得很可疑，我不知道我還能再相信什麼？

一切也都無所謂了，我有一種很深的虛無感。

但就在這樣渾渾噩噩過了一兩天，暫時安頓好兒子的遺體和靈位後，妻子喃喃問我：接下來要怎麼辦兒子的告別式？告別式後，又要將兒子的骨灰安放在哪裡？需要發訃聞嗎？……

我這才猛然從自溺的虛無感中驚醒過來！這是我們的兒子啊！我怎麼能再說「一切都已失去意義！」「一切都無所謂了……」我怎麼能因兒子的「身死」，自己也跟著「心死」？

從出生的那一刻起，我爲兒子做過很多事，因爲我愛他。如今兒子不在了，如果我依然愛他，那麼從他死後的這一刻起，我就必須再爲他做很多事。愛，才是讓我擺脫虛無的最好武器。

也因此，在熬過慌亂的頭幾天後，我在臉書發布了兒子過世的訊息，讓更多的親戚、朋友知道這個無需隱瞞的事實。

雖然「死後已是萬事空」，但我們還是決定請谷神生前的多位好友來參與，準備爲他舉辦一場覺得他會喜歡、對我們也具有特殊意義的告別式；也排除萬難，準備將他的靈骨安放在北海福座我父親和母親旁邊的塔位，希望最少能讓他們祖孫三人在另一個世界裡團圓。

就在決定好這樣做，並著手去進行時，我又慢慢有了踏實的感覺，也逐漸從如夢似幻中回過神來。但我還是無法緩解我的悲痛、我的虛無感，因爲在谷神生命終結的時候，我生命中的一部分也跟著徹底被摧毀了。

但就像我所說，當谷神「把他尚未用完的生命又歸還給我們夫妻，三人的生命因再度纏連而得到延續」後，如果我想再好好活下去，那我也只能用我得到延續的生命，在空洞的廢墟上重建新的價值與意義。

不是人生沒有價值、生命沒有意義，而是我以前想得太天眞、生活過得太平順。經此劫難後，我必須重新賦予它們更經得起考驗的價值與意義。不只是我的，更包括谷神生前、死後，生命的價值與意義。

谷神的招牌式笑容

02

在追思網頁、做七與告別式裡，兒子的離開世間終於成為一個明確、我不得不接受、也必須習慣的殘酷事實。

而從大家對他的緬懷裡，我也看到兒子的優點、努力與精采人生，使我在傷心之餘，也得到不少安慰。

五月五日晚上，妻子打電話給在美國印第安那大學教書的女兒飛仙，告訴她谷神不幸過世的消息。飛仙的驚駭與悲痛不下於我們，但也說她會盡快回台灣，幫助我們料理後事，陪我們度過難關。

飛仙和谷神都已在美國十幾年，姊弟倆經常來往，也有一些共同的朋友。在徵得我們同意後，五月八日，她在臉書建立了一個「追思谷神」社團網頁，告訴美國和台灣的朋友這個不幸的消息，也讓朋友們能在這個專頁分享對谷神的回憶與懷念。

追思網頁推出沒多久，立刻有谷神的朋友來留言（第一天就有三十幾個人），然後像滚雪球般，愈聚愈多，除了經常來往的朋友、工作夥伴外，業界人士、大學、高中、國中、小學同學，只有一面之緣的前輩與後輩等，也都陸續前來留言。

觀看這些留言，成了我接下來每天的重要功課。

留言除了對谷神的驟然離世表示震驚與不捨外，主要都在談他們對谷神的懷念與感謝。有的提到和谷神一起上課、工作、吃飯、泡茶、喝酒，或者出遊、滑雪、探險等等活動，谷神的眞誠、風趣、認眞，讓他們充滿懷念；有的則說永遠會記得谷神無私而且熱情地給予他們的幫助和指引；大家都很感謝谷神爲他們的人生帶來歡樂，增添很多美好。

雖然說「死者爲尊」，爲死者說好話乃人之常情，但看到有這麼多人這樣懷念谷神，特別是谷神和他們一起經歷的美好人生，都是我完全不知道的。每個人也都在留言的後面附上一些照片，看著谷神在那些照片中燦爛的笑容、調皮的表情，我才驚覺我對兒子的了解太少（畢竟，從廿六到三十九歲，他都在紐約生活），但另一方面，也對他在那段人生裡的多采多姿感到欣慰。

特別是有朋友貼出他在SVA畢業典禮（或晚會）上台發表感言的錄影帶，讓我看了好幾遍。二〇〇六年，我和妻子專程前往紐約參加他的畢業典禮，現在已忘了是否在畢業典禮上聽到他發表的感言，但如今重看，發現他當時比較瘦，還留存一絲稚氣，說話有點緊張也有點自得。

他說：「People said animation is an illusion, and my work is an illusion inside of illusion.（大家說動畫是一種幻覺，而我的工作則是幻覺裡的幻覺。）」雖然到頭來，一切都可能只是幻覺中的幻覺，但他還是感謝我們能夠讓他到紐約來作夢。

谷神與地質系同學在傳鐘下

我們依照傳統，為谷神做七，但因時間關係，原本的七次縮減為三次。當父母和岳父母往生時，我們也都為他們做七，在儀式中誦念藥師經、心經、阿彌陀經、迴向偈等等。其中，「願生西方淨土中，九品蓮花為父母；花開見佛悟無生，不退菩薩為伴侶。」是讓我印象深刻的迴向偈文。

照傳統的解釋，它是在說：希望往生者能到西方極樂世界，以上品上生的蓮花為父母；在蓮花開的時候，聞佛說法而開悟，從此永不退轉，而與佛菩薩為伴。

我因受禪宗六祖惠能的影響，認為不管是佛或上帝都在自己心中，天國與地獄無非來自一念。所以，前段迴向文「花開見佛悟無生」裡的「花」，指的是我的心中蓮，「佛」也是我的心中佛（自性）；「生」是心念、思維，「無生」是沒有念頭，也是往生者目前的情況（狀態）。

為谷神做七時，在念到「花開見佛悟無生」這句時，我的領悟是：為谷神驟然離世而哀痛的我，此時反觀內心：在一片蓮花般的清淨中，我看到了自己的心中佛，了悟不再有思想意識的谷神其實是回復了他的本來面目，不動不搖、無嗔無癡，也不再有任何煩惱。因爲有了這種體悟，我的心情也跟著平靜一些。

爲死去的親人做七，與其說是爲亡者鋪平前往西方極樂世界的道路，不如說是透過誦經等儀式，在淨化生者的心靈，讓傷痛得到撫慰。

五月廿九日，我們在台北二殯爲谷神舉辦告別式。告別式也省去一些繁文縟節，先是播放由谷神摯友劉耕名的Bito公司夥伴爲他製作的追思短片，雖然有不少素材是我們提供的，但經過巧慧的剪輯，在短短的十來分鐘裡，很生動而又精確地呈現谷神人生至此的所思、所感與所爲，不只讓來參加告別式的親友更了解谷神，我們看了都覺得很感動。

然後由女兒飛仙上前，談起谷神——她唯一的手足，他們姊弟的童年往事。我看著她在人前強作鎮靜，想起姊弟倆小時候總是依偎在一起、天眞無邪的模樣，如今卻落了單，心中感到不忍。但人生不就是這樣嗎？有太多的一去不復返讓人感到迷惘，卻也只能在「此情可待成追憶」的無奈下，擦乾眼淚，強顏歡笑向前行。

接下來，由谷神在台大地質研究所的指導教授、高中同學、在紐約結識的好友、台灣同業、墾丁解說員聯誼會、單車社的好友等等，依序上前緬懷谷神，每個人都從一些尋常經驗裡，說他們看到了谷神的人格特質，感受到他的善良、他的好與讓人尊敬、值得肯定。大家在最後也都祝福谷神一路好走，我們要節哀、保重。

雖然我一時還難以接受谷神離開世間這個殘酷的事實，但追思網頁、做七和告別式裡的點點滴滴，無一不在提醒我，那已是一個無法否認，也是我不得不接受的事實。兒子眞的就這樣走了，遺體都已經燒成灰了，我再撕心扯肺，流更多的淚又有何用？我也只能在慢慢熟悉我的悲痛後，學習如何排遣它們。

兒子雖然走了，但從他的師長、同業、同學、好友對他的緬懷裡，又讓我們看到了谷神很多的優點、努力與精采人生，他雖然短命而死，但也是不虛此生，可以死而無憾了。這也讓我們在傷心之餘，得到很大的安慰。

也許這也是爲什麼要爲死者舉辦這些儀式裡所蘊含的智慧吧，一方面要讓生者的悲痛得到撫慰，一方面也要讓死者走得無憾，能夠安息。

03

由呂克特的詩和馬勒的音樂譜寫而成的《悼亡兒之歌》，讓我對自己的哀傷有更深刻的體驗，也使我得到心靈的淨化。

雖然不幸只發生在我身上，一盞燈已從我的生命中消失，但我還是要走出心中的黑暗，像太陽般重新照耀萬物。

在臉書貼出谷神驟逝的訊息後，我的學長、也是好友林衡哲私信給我：「正在羨慕你們夫妻倆，到處遊山玩水的生活意境，想不到突然傳來貴公子的不幸事件，希望節哀保重。或許上帝要考驗你，讓你寫出更有深度的作品。」

當時我只簡單回答：「多謝關懷與勉勵。」

的確，不幸發生之前，我在臉書貼了不少我們夫妻到各地散心的點點滴滴。自覺那些日子是我們人生至此，難得悠遊自在的幸福時光。

除了分享旅遊資訊與個人見聞外，也想傳達「想過什麼生活主要靠個人抉擇，只要有心改變，就可以有不一樣人生」的信念。

在後來與衡哲兄的通話中，我說：「也許是上蒼認爲我太不自量力、太自鳴得意了，所以伸手一個撥弄，就讓我那自以爲是的幸福在瞬間崩解。」

但與其說這是上蒼想「懲罰」我，不如說它在「提醒」我：生命何其脆弱，我的幸福又何其空幻！

是不是因爲過去的一路順遂，使得我把人生看得太過簡單容易，而讓我產生一切都在自己掌握之中的錯覺？

只有在身不由己地遭遇殘酷的意外打擊之後，才能從安穩的錯覺中驚醒，發現自己只不過是在狂風巨浪中浮沉漂搖的一片浮萍，無助而又渺小。

午夜夢迴，悲從中來。在朦朧中覺得自己已被點醒：在面對人生時，我還太自以爲是、太有自信；我還不夠謙卑。我是否應該謙卑到能夠接受人生的悲歡離合只不過是大小長短不一的夢幻泡影？

當然，或許是上蒼想藉此考驗我：在我被殘酷的命運之箭射中後，我一向所信持的人生基本信念在被劇烈搖撼之後，已經永遠崩壞，淪爲廢墟了嗎？

衡哲兄說：「或許上帝要考驗你，讓你寫出更有深度的作品。」聽起來似乎有點殘酷，有誰會爲了想寫出更有深度的作品，而張開雙手去歡迎、擁抱這種椎心的悲劇、痛苦的考驗呢？

當然，我知道衡哲兄只是在陳述「悲劇業已無從選擇地發生」之後的一個客觀事實：所謂「創作是苦悶的象徵」，古往今來的確有不少藝術家、科學家就是在生命旅途中遭逢讓他們痛不欲生的巨變，對人生有更深沉的體悟後，才創造出比以前更好的作品的。

衡哲兄是個馬勒迷，原本像個音樂白癡的我，因爲他而稍稍接觸了馬勒，家裡也有一套馬勒全集的CD（妻子買的，但只聽了一些）。此時，爲了想看看馬勒能給我什麼啓迪和指引，而上網搜尋，竟然發現馬勒曾譜寫過五首《悼亡兒之歌》，我大驚失色，連忙再仔細看個究竟，這才知道：

馬勒這五首由聲樂與管絃樂演奏的《悼亡兒之歌》，完成於一九〇一～〇四年之間，歌詞來自德國詩人呂克特的同名詩集。呂克特有兩個女兒在十六天之內相繼死於猩紅熱，哀傷的呂克特因此寫了四百二十五首的《悼亡兒之歌》來抒發他的情感。而馬勒則從中挑選五首譜寫成歌曲。

在準備聽馬勒的《悼亡兒之歌》前，我先上網抓出那五首歌詞的中文翻譯。

第一首〈現在旭日東昇〉：

現在旭日東昇／彷似昨夜在這世界上從未發生過任何不幸的事／那不幸的事只發生在我身上／太陽啊！太陽啊！依舊照耀萬物

你別把黑夜封鎖在懷裡／要把他沉入永恆的光茫中／一盞可愛的小燈從

我生命中消失／祝福世上歡樂的光！

第二首〈現在我知道爲什麼有那暗淡的火光〉：

現在我知道為什麼有那暗淡的火光／常在妳們目光中閃爍／哦，眼睛！

哦，眼睛！／好像在那眼光裡／把妳們所有的力量專注進去／但是我沒有察覺，因為／那由迷惑人的命運織成的濃霧圍繞著我／妳們的眼光說，妳們就要回去／回到那所有的眼光來的地方

妳們想用妳們的光輝告訴我／我們很想留在您身邊／請看著我們，因為不久我們就要遠離／這幾天您看來是眼睛的／在將來的夜晚裡會是星星。

第五首〈在這種天氣，在這種暴風裡〉：

在這種天氣，在這種暴風裡／我絕不讓孩子們出門的／卻有人帶她們出去了

對這件事我一句話都不能說／在這種天氣，在這種狂風裡／我絕不讓孩子們出門的／我擔心她們會生病／但是這種考慮現在已是徒然

……

在這種天氣，在這種狂暴怕人的風裡／她們就像在媽媽家裡安息著／她們已經不再懼怕暴風／神的慈手會覆蓋她們／她們就在媽媽家裡安息著。

呂克特的這五首詩（歌詞），讓剛遭逢喪子之痛的我讀來心有戚戚。然後，妻子和我從馬勒全集裡找出由珍奈．貝克所唱的《悼亡兒之歌》，兩人關上門窗，像是要接受什麼洗禮般，靜靜地聽了起來。

呂克特的詩句，經由馬勒的管絃旋律、貝克的婉轉淒美歌聲，將失去子女者的悲痛、無奈、絕望、空虛詮釋得更加真切、靈動，谷神的身影隨著飄揚的樂聲，在我們心中時隱時現。

馬勒在著手寫《悼亡兒之歌》時，還沒結婚，他那哀傷的曲調可以說完全來自自己的

揣摩。但在寫完第五首之後三年（一九〇七年），他四歲的女兒竟然死了，悲痛萬分的馬勒在寫給友人的信裡說：「我曾假想孩子死去的心情而譜曲，可是當我真正失去女兒時，我無法再寫出任何歌曲了。」

這似乎有違「悲痛能砥礪創作」的說法，但對我來說，重點應該是：呂克特的詩和馬勒的音樂，雖然讓我對自己的哀傷有更深刻的體驗，卻也使我從中得到淨化與撫慰。就像在最後一首裡，一個父親的掛念與憂懼成真，但在經歷狂風暴雨、撕心扯肺的打擊後，亡兒已被神的慈手覆蓋，安息在媽媽的家（懷抱）裡。

而我，也應該像第一首最後所說的，雖然一盞燈已從我的生命中消失，但我還是要走出心中的黑暗，像太陽般重新照耀萬物。

當然，這些可能都只是後話，因為我才剛剛踏上接受考驗之路而已。

我只能說，我依然相信「想過什麼生活主要靠個人抉擇，只要有心改變，就可以有不一樣的人生。」我的人生已經被改變了，但能有什麼不一樣的前景應該還是來自我個人的抉擇。

每一個人的人生就是他的作品。我希望在有了苦難襯底後，我往後的人生能活得比以前深刻一點；如果還有幸福，那也將會是比較深刻的幸福。

04

我期待谷神也在雲端的某處傾聽。於是我用榮格的口吻在心中說：兒子啊！我無法把你的驟然離世，當作一個醫學問題來看待。

對人生這場可疑的實驗，我覺得神話比科學能提供更圓滿的解釋。我必須為此尋索一個神話般的說法，一個屬於你的、還有我的真理。

五月九日和五月十六日，我在銘傳大學設計學院有兩堂課：「筆記小說裡的怪力亂神」；五月廿七日在中國醫藥大學有一堂課：「榮格與神祕主義」。

五月五日發現兒子谷神驟然離世，我悲痛莫名。但地球不會因爲我兒子的過世而停止轉動，我也不能因爲我的悲痛而廢棄該做的事，把問題丟給別人。

因疫情關係，學校臨時改爲線上教學。事發突然，爲防萬一，好友阮愛惠要我帶隨身碟到她家去，用她的電腦上課（銘傳的課是她擔綱，我只客串兩堂）。

在忙著料理谷神的後事時，我抽出些時間備課。然後在九日中午，帶著隨身碟，若無其事地到愛惠家，若無其事地用她的電腦進行線上教學，然後又若無其事地和他們夫妻及兒子吃母親節留下的蛋糕。

離開他們家，走在永康街的巷子裡，我終於忍不住放聲悲泣。

回到家，收到愛惠丈夫耀堂兄由 messenger 傳來我在他們家吃蛋糕的照片，我只能簡短回覆「謝謝」。

入夜後，我在臉書貼出谷神離世的訊息。我延遲貼出，一方面是因爲事情來得太突然，我需要一些時間讓心情能有所沉澱；另一方面也是顧慮到馬上廣爲周知，會造成別人的困擾。

訊息貼出沒多久，就又收到耀堂兄的 messenger：「二十分鐘前看到臉書，我跟愛惠都被嚇到了，請節哀保重，實在驚詫。也請曼麗姐節哀。」然後是愛惠打電話給我妻子，兩人在電話裡哭成一團。

我回信給耀堂兄：「多謝關懷。我必須做些事保持忙碌，才能暫時忘卻悲傷。」不只是暫時忘卻悲傷，更是不想以自家私事去爲難他人，甚至連累。自己的苦難自己承擔，自己應該做的事還是要照約定去做。

五月十六日繼續線上教學。它雖然是我的一個責任，但其實我也從中得到某些啓示與某種療癒。在談到怪力亂神裡的靈魂轉世議題時，我舉了蘇東坡認爲自己前世是個和尙，還有黃庭堅相信他今生病痛乃是來自前世因果的故事。

很多文化都認爲，人並非只有這一次的人生，當肉身死亡後，靈魂會再度去輪迴轉世，一世又一世……。這樣的信仰不僅滿足人們對生命能永續不朽的渴望，而且也能對你此生的很多「爲什麼」提供解答。

譬如傳言蘇東坡是五戒和尚來轉世，他也如此認爲，還自稱「戒和尚」，並在詩文中提到自己的前世：「我本修行人，三世積精煉。中間一念失，受此百年譴。」而他的方外好友佛印，是前世與他一起修行的明悟禪師；蘇東坡的侍妾朝雲，則是他在前世和明悟撫養的一名女棄嬰。

至於黃庭堅，他一直爲狐臭所苦，藥石罔效。在被貶到涪陵後，夢見一女子來告訴他，她是他的前世，因棺木腐朽，枯骨腋下長了一個螞蟻窩。黃庭堅爲枯骨除去螞蟻窩，他的狐臭也就神奇消失了。

這些故事也許怪誕離奇，但世人卻樂於傳誦，其中自有深意。每個人的人生都有一大堆「爲什麼」，也都需要有能讓自己感到滿意的答案，雖然那很可能只是想像而已。谷神和我「爲什麼」會有這樣的人生際遇？蘇東坡和黃庭堅的答案並非我需要的；但爲了釋懷，我也只能自行去尋找一個能讓我感到無憾的說法；或者是，最好不要再問「爲什麼」。

五月廿五日，中國醫藥大學的助教先和我做了線上教學演練，廿七日下午就在家裡對著自己的電腦上課。

在這個時候談「榮格與神祕主義」，似乎也能帶給我某些特別的意義。在近兩個鐘頭的時間裡，我拉拉雜雜談了許多（這是我第一次談這個題目），其中有兩個小題讓我格外心繫：

一是一戰期間，榮格感覺有一群失去生命的人走進他的房間，說他們從耶路撒冷回來，在那裡沒有找到他們想要的東西，而希望榮格能給他們一些訓示。榮格花了三個晚上的時間，寫了一篇頗爲深奧的〈向死者的七次布道〉。我以前囫圇吞棗，談不上有什麼特別的感觸；但在谷神驟然離世、也是爲了向學生上課，我又將它看了一遍，對榮格在第七次布道時所說的：

「人是一扇大門，通過這門你可以從諸神、惡魔和靈魂的外部世界進入到內部世界……你再次發現你自己置身在無邊的空間，在一個稍小或內在的無窮世界中。在遙不可測的遠方，一個孤獨的星球懸掛在絕頂之上。這是一個人的上帝，是他自己的世界，是他神聖所在……

「這是人的引路神，人在那裡可以找到安息之處。人死後，靈魂便朝著那裡長途跋涉，在他的光輝照耀下，人從大的世界中回歸。人應該向這個神祈禱。祈禱會給這個星球帶來更多的光明，會架起一座超越死亡的橋梁。它爲生命預備了一個更小的世界。它能緩解那更大的世界中所產生的無望和欲念。當那更大的世界沉浸在冰冷之中，這星球則在熊熊燃燒……」

我想，榮格在這裡所說的「上帝」，並非宗教裡的「上帝」。但也因爲這個機緣，而讓我覺得改天我需要花更多時間好好去參詳這篇〈向死者的七次布道〉。

一是榮格晚年所作的一個夢：他夢見自己在山中行走，走進一間教堂，祭壇上擺著奇異的花。祭壇前盤坐著一個瑜伽修行者，容貌跟榮格完全一樣，正在閉目沉思。榮格忽然覺得，當這個瑜伽修行者張開眼睛，他（榮格）就將不復存在。因爲現實世界裡的榮格只是瑜伽修行者的一個夢，或者說「出於他的設計」。

第一次讀到這個夢，就覺得它含意很深，現在更是如此。也許我們每個人，都只是宇宙造化大夢裡的一個個泡影；或者，我應該去尋索外在於谷神、讓他暫時存在的那個瑜伽修行者——他那本自具足、清淨不滅的「本來面目」？

當我對著電腦說話時，我知道遠方有一群素昧平生的學生在各自的房間裡看著電腦傾聽。我忽然覺得或者期待，谷神也在雲端的某處，傾聽。

於是，我用榮格的口吻，在心中說：兒子啊！我無法把你的驟然離世，當作一個醫學問題來看待。

對人生這場可疑的實驗，我覺得神話比科學能提供更圓滿的解釋。我必須爲此尋索一個神話般的說法，一個屬於你的、還有我的眞理。

父子並肩在武陵農場

05

兒子的驟然離世讓我悲傷，女兒著作的受矚目讓我欣慰。悲傷與快樂看似相反對立，卻同樣出自我的內心。

我當悲則悲，當欣則欣。怎麼能以差別心來對待它們，因為執著於某種情緒，而貶抑或輕忽另一種情緒呢？

六月三日中午，我們陪女兒飛仙到台北國際書展。她在下午兩點，要和臺灣商務印書館總編輯張曉蕊，對談商務在五月爲她出版的《版權誰有？翻印必究？近代中國作者、書商與國家的版權角力戰》一書。

女兒的這本書原是用英文寫成，由普林斯頓大學出版社出版，曾獲得美國法律史學會彼得．斯坦因（Peter Gonville Stein）最佳著作獎以及著述、閱讀和出版歷史學會（SHARP）「德隆書籍史圖書獎」亞軍等殊榮。商務請林紋沛翻譯成中文，以饗華文世界的讀者，乃是商務在台灣復業七十五周年的盛事之一。

四月中旬，谷神還和飛仙在家人Line群組談這本書中文版的封面設計，並給了一些建議。飛仙也說商務要在六月書展時爲她辦新書發表會，她會提前返台。我們都把這當作家裡的一件喜事期待著。

誰知道喜事還沒來，竟然就在五月初發生谷神驟然離世的悲劇。驚聞噩耗，飛仙提前返台，協助我們夫妻處理後事。她與谷神從小就姊弟情深，飛仙在這段期間的悲痛和心力交瘁，絕不下於我們。

在新書發表會場，我和妻子坐在聽衆席裡，看著前方的女兒，聽她侃侃而談，我眞的爲她感到欣慰。但心中卻也慢慢浮現弘一大師清默的身影，還有他臨終前手書的「悲欣交集」。

我第一次看到「悲欣交集」這四個字時，只對它們做字面上的解釋：「悲」指的是悲傷，而「欣」則意指快樂：人生本就有悲也有欣、有苦也有樂、悲傷與快樂也常接踵而至。

而在面臨死亡時，一方面爲自己就要灰飛煙滅感到悲傷，一方面又爲自己可免除各種痛苦、得到解脫感到欣慰，那更是「悲欣交集」。（當然，弘一大師所說的「悲欣交集」很可能不是這個意思。）

這樣的理解似乎也頗符合我們當下的情況：多數人的悲與欣之間，通常會隔著一段距離；而我們的悲與欣——兒子的驟然離世與女兒著作的受矚目，竟然是這樣的接近、交錯纏連。

谷神讓我悲傷，而飛仙則讓我欣慰。在這種「悲欣交集」中，我返觀自己、深刻反省：悲傷與快樂看似相反對立，卻同樣出自我的內心。如果我以差別心來對待它們，因爲執著於某種情緒，而貶抑或輕忽另一種情緒，那不就是自己最忌諱的「偏見」了嗎？

想要真誠直面人生，那我就必須先真誠看待自己的情緒：當苦事降臨時，我當悲則悲，但不應「住」悲，不能一直耽溺執著於悲痛之中；而當樂事發生時，我當欣則欣，但也不應「住」欣，不要以為它會持續存在。

悲欣兩不住，這才是金剛經所說的「應無所住而生其心」。而它，不也正是我平日所信持、可以引領我的一條人生道路嗎？

當飛仙的新書發表會結束時，我們欣慰地和觀眾一起鼓掌。然後，等她簽書活動完畢，再和她到101的地下樓喝咖啡。

以前，在這樣的場合，總是全家四個人同桌，愉快地東拉西扯，如今卻少了谷神一人。我只能這樣想：他的肉身雖然不在，但精神形貌已永留我們心中，就好像此刻，他依然恍惚在我們身邊，只是不再說話而已。

咖啡未涼，我們談起谷神的一件趣事。而在我們心中也在身邊的他似乎靜靜地聽著，不再辯解。

谷神與飛仙姊弟情深

悲欣兩不住，並非忘懷。我怎麼可能忘記兒子的驟然離世呢？但就是因爲記得，浸染在事件上的悲痛情緒才能因一再反芻而逐漸被消解淡化，讓過去與谷神美好與歡欣的種種得到接納，有了重新顯現的空間。

我希望，在有悲有欣、可悲可欣中，讓我走出看似無盡的悲痛，體會悲中有欣、欣中有悲的況味，並因這種「悲欣交集」而得到情感的昇華、心靈的療癒。

其實，在我後來的理解裡，弘一大師的「悲欣交集」別有含義。因爲在佛教的話語系統中，「悲」的梵文爲Karuna，它指的並非一般人所說的悲傷，而是悲憫；通常與「慈」相連、對照，「慈悲」並用。

譬如佛教經典《大智度論》就說：「慈名愛念衆生，常求安穩樂事以饒益之。悲名愍念衆生，受五道中種種身苦心苦。」又說：「大慈與一切衆生樂，大悲拔一切衆生苦。」所以，弘一大師「悲欣交集」的「悲」，指的應該是他在臨終時悲憫衆生依然受苦，他感同身受卻無法爲其拔苦（當時因日軍侵華，生靈塗炭）；而「欣」指的是他已修成正果，明心見性，了卻生死，即將前往極樂世界。

如果用這樣的概念重新來理解谷神的驟然離世，那我的「悲欣交集」就成爲：我應該爲自己、還有所有活著的人依然「受五道中種種身苦心苦」感到悲憫，並對谷神已經脫離這些苦難、免除各種煩惱感到欣慰。

如果能這樣理解，那不僅能讓我同樣得到情感的淨化、心靈的療癒，而且似乎更有建設性。

06

谷神的形體雖然已經消失，但他過去的所思、所歷、所言、所為、所知、所夢，都貯存在這兩個隨身碟裡。

如果我想多了解自己的兒子，那我只能從隨身碟裡一點一滴、盡可能地去拼湊出他的精神與心靈樣貌。

這段日子，我們和飛仙經常到谷神的住處，整理他的遺物，也先後用了兩個4TB的隨身碟，將他電腦裡的資料全部備份出來。

谷神電腦裡的資料雖然已有一些分類，但還是非常龐雜。我將隨身碟接上我的電腦，大略看了一下，發現其中有：

他二〇〇四年到紐約就讀SVA後，逐年生活點滴的影像紀錄；在Psyop和Blue Sky兩家動畫公司的工作；跟動畫相關的全球資訊；各國動畫師精采作品的拷貝；他登載在FB、Line、IG、Twitter、NFT的圖文。（有一部分因為我的電腦缺乏相關軟體而打不開。）還有二〇一八年回台灣之前及之後，他為台灣與大陸公司導演、製作的動畫；參與各項評審、演講、座談、上課的備忘、紀錄與PPT；以及他對政府相關單位所提的建言、來往書信、各類企畫案……等等。

更重要的是他的個人作品，包括攝影、文章、動畫腳本與角色，其中有些已經完成（發表或尚未發表），部分（特別是動畫）則正在進行中，但更多則只是剛剛起個頭，還在孵夢的階段。

看著那兩個隨身碟，心想：谷神近十多年來自覺有意義與價值的所思、所歷、所言、

紐約 SVA 畢業典禮（左：父母，右：二姑與姑丈）

所爲、所知、所夢，幾乎都貯存在這兩個小小的長方形盒子裡。

它們不就等同於他的內心世界，是他心靈或者精神的記憶體嗎？

每個人都由形體（肉身）與精神（心靈或靈魂）所組成，以前在被問及形體重要還是精神重要時，我會毫不遲疑地說：當然是精神重要。但在遭此巨變後，我已無法再這麼肯定。

「形若不存，神將焉附？」如果有可能，我絕對願意如浮士德般，不惜自己付出代價去交換回兒子的生命，讓他繼續存活。因爲只有這樣，他的心靈或精神才能有繼續大放光采的機會與空間。

但，這已是不可能的想望。

二〇〇六年，谷神創作的《*Hallucii*》獲得第廿九屆金穗獎最佳動畫片獎時，他人在紐約，由我代表上台領獎。

我還記得我當時說：「剛剛看了影片，讓我既驚喜又慚愧。驚喜的是兒子年紀輕輕，居然能有這麼亮眼的才華表現；慚愧的是身爲父親的我，過去對兒子的了解竟然是那麼的少。」

谷神在紐約生活十四年，返台也已四年，但因獨居在外又忙於工作，我們相聚的時間不是很多。從交談中，雖然了解他工作上的某些計畫、還有感情上的問題；也從臉書和Line上曉得他的一些觀點與心情；但這些不過是他整個心靈世界或精神生活中的小小碎片而已。

我知道，我對兒子的了解還是很少。部分可能是他不想讓我知道太多，部分可能是我對他的關心還不夠，沒有主動去親近他、敞開胸懷和他談心。其實，人生不是本就如此嗎？即使共同生活得再久、再親密，一個人也不可能完全了解另一個人的內心世界。

精神的確不像形體那般易於了解。但如果再問一次：一個人到底是形體重要還是精神重要？我想，在心情逐漸恢復平靜後，我還是只能再次說精神重要，因爲人之所以爲人、我之所以不同於其他人，不是我的形體，而是因爲我的精神。精神比形體更有意義、也能保存得更久。

谷神的形體雖然已經消失，但他過去的所思、所歷、所言、所爲、所知、所夢，都貯存在這兩個隨身碟裡，如果我想多了解自己的兒子，那我只能從中一點一滴、盡可能地去拼湊出他的精神與心靈樣貌。

而最能拼湊出他精神與心靈樣貌的資料莫過於文字。雖然在臉書及家人的Line群組裡，他也留下不少文字資料，但那些畢竟都是公開的。

從電腦備份出來的隨身碟裡，另有一些類似自我反省的文字，談他的感情問題、他的工作、他的身體、他的夢境、他的寂寞、他的自得、他的憤怒、他的受傷害、他的被肯定……還有他的自我療癒、他存在的價值、自我期許、以及他對未來的想像等等。

雖然都只是一些片段，卻也都具有相當的私密性，也許從未料到有一天會被我這個做父親的看到，所以能毫無顧忌地暢所欲言；但也正因爲是那樣的坦白、一無遮掩，而讓我看得不禁淚濕眼眶，好像第一次眞正了解在兒子的內心有過什麼樣的苦與樂、歡與悲。

但一切似乎都已顯得太遲！

到底什麼叫做「存在」呢？誠如笛卡爾所說：「我思，故我在。」一個人的形體只是一堆物質的因緣組合，死後又回歸自然，根本無從辨認，誰能說這一堆蛋白質是「我」的呢？即使是你的，又有何意義？只有他的思想和精神才是他生命中最有意義的部分，才能代表他的「存在」。

而對一個肉身已經消毀的人來說，我覺得是「我被思，故我在」。當他依然被思念、被談論時，那他就依然「存在」著。而要「我被思」，前提是「我被見」，一個人在死後一定要先被看見、先讓人認識他，他才有可能被談論、被懷念，也才能以另一種方式繼續「存在」。

谷神雖然離開了，但他貯存在那兩個隨身碟裡的內心世界，正默默地等待「被看見」，我可能是最有資格（也可能是最合適）的人選。但在看了一些後，我又開始懷疑：我眞的有權利一直看下去嗎？谷神會希望我對他一覽無遺嗎？

但，但，但……最後，我只能求個讓自己心安：不只是我想了解兒子的內心世界到什麼程度？而且是爲了讓世人多了解谷神，我又能做到什麼程度？

我想，在我「看見」之後，如果發現其中有可以拿出來、值得讓人認識的地方，那我也會希望他可以「被更多人看見」，能引起更多人的關注。

逝者已矣，來者可追。我要將對谷神驟然離世的「痛惜不捨」，化爲重現他心靈世界更積極、也更有意義的「鍥而不舍」。

然後，期待有那麼一天，會有人說：「曾經，這個世界存在過一個名叫王谷神的人，他英年早逝，但江湖傳言……」

這是我接下來最重要的功課，也是我懷念谷神最好的方式。

07

飽受病痛折磨的陳文茜對我說：「關於死亡，走的人未必痛苦。生命的逆境，考驗的往往是活著的人。」

讓餘生能多一點善、多一點貢獻，只為了告訴自己和世人：不管受多少打擊，生命也可以活得這樣自在與有尊嚴。

我在臉書披露兒子谷神驟然離世的噩耗，及隨後發表幾篇感懷文章時，不少人來留言。有些是舊識，大部分是我素未謀面的讀者或純屬網路上的過客。不論親疏，大家都好言安慰、鼓勵我們；甚至分享個人的切身經歷，期盼我們能療傷止痛。

真情可感。讓我在閱讀後，倍覺溫暖，悲傷碎裂的心靈也因而得到某種療癒。

有一位吳菲，在我六月五日的文章後留言，談到《佛說五母子經》裡的故事，闡明生死無常的道理，不僅讓我深思，更獲得兩百多位網友的贊同。

而在我六月八日的文章後面，她才說：「王老師：我並不認識您，我是由陳文茜小姐的貼文轉而來到您這裡！」

我連忙到《文茜的世界周報》查看，才曉得她已轉貼了我的兩篇感懷，也說了一些她的看法。

文茜與我雖然同屬文化人，但並不熟。我上過她在中廣的節目兩次，談的都是我當時剛問世的新書。

有一次，她在世界周報轉貼我的臉書文章，讓我的粉絲大增，我私信向她道謝，她提起一位我們共同的摯友：洪武雄醫師。

武雄是我台大醫學系的同學。大學時代，我是個不務正業的浪蕩子，他是品學兼優的好青年，本不會有什麼交集，但因我們學號相鄰，總是在一起做實驗和實習，不只變得親近，他還給過我很多幫助。

想不到他也是文茜的摯友。那時武雄已經罹患惡性腦瘤（GBM），斯人竟有斯疾，讓我們不勝唏噓，但也只能在遠方祝福他否極泰來。

這次我再私信向她道謝。我兒谷神已驟然離世，我們的摯友武雄也撒手人寰；文茜病痛纏身，我則哀傷未已，生死與苦難成了我們的話題。

「您辛苦，沒有任何語言可以安慰您。只想說：記得把谷神沒有完成的夢，完成。來不及看到的生活美好，爲他多看一份。別讓他離去後，還抱著遺憾。」

她的提醒與鼓勵，正是我在心中爲谷神所許下的遲來諾言。

她還說：關於死亡，走的人未必痛苦。生命的逆境，考驗的往往是活著的人。想來，這也是目前很少有一天不疼痛的她的肺腑之言。苦難當頭，她也只能盡心抓住每一天，做她想做、自覺值得做的事。因爲就像她所說：「生命之事，只剩餘生，能否多一點善，多一點貢獻。」

在病痛纏身或遭遇親人死亡之類的變故後，有些人經不起打擊，深沉的無力感使他失去了反抗、脫逃、改變的動機，而變得沮喪、鬱悶、自嘆自憐或者萬念俱灰，覺得再說什麼做什麼都已是徒勞，而只能像謝利曼實驗室裡的狗，躲在角落裡默默忍受痛苦的折磨。

有些人則會忍不住抱怨：爲什麼受痛苦的是自己而不是別人？認爲上天對他不公平，開始懷疑大家所信奉、歌頌的道德、善惡報應、價值觀等，甚至認爲它們都是虛假的，因而變得憤世嫉俗、尖酸刻薄、看什麼都不順眼；或是我行我素、胡作非爲，「只要我喜歡，有什麼不可以」。

還有一種人，在遭遇不幸後，不僅不會避而不談，反而喜歡在人前喃喃訴說，自己是多麼悲傷和痛苦，多麼值得同情與被關懷，讓人覺得他似乎是「自我陶醉」於苦難之中，你不對他表示關心，就是你冷血。

尼采說：「受苦的人沒有悲觀的權利。」因爲你一悲觀，就失去了與苦難抗爭的動力，而會沉淪進更深的苦難中。我覺得，「受苦的人也沒有特別的權利。」前面那幾種反應，不管是因苦難而產生自我麻痺、社會嘲諷或自我陶醉，都還是被苦難所糾纏，沒有掙脫苦難。

尼采又說：「那些殺不死我的，都將使我變得更堅強。」即使沒被苦難殺死，但卻被糾纏住，其實也沒有什麼建設性。想要變得更堅強，就要起身對抗苦難、擺脫苦難、戰勝苦難、進而超越苦難。

文茜這種「生命之事，只剩餘生，能否多一點善，多一點貢獻。」可以說是最值得稱道的另一種反應，即使苦難當前，但不怨天、不尤人、不逃避、不妥協、也不糾纏，而是勇敢面對挑戰，像扛起十字架般扛起苦難，你用惡運來折磨我，我就利用剩下來的力氣和時間，爲大家做善事、爲社會多點貢獻來回報你。以善制惡，這才是眞正的對抗。

尼采更說：「知道自己爲何而活，那就可以忍受任何生活。」如果自己有堅定的價値觀，確信自己生命的意義就在於砥礪自我，讓自己成爲更高、更好的人，讓社會成爲更完美的社會；那麼苦難不僅變得更容易忍受，而且會使你變得更堅強，最後終能戰勝苦難。

而當你能「多一點善，多一點貢獻」時，就等於在微笑告訴自己和世人，不管遭受多少打擊，生命也可以活得這樣自在與有尊嚴，那你就超越了苦難。

既然苦難的命運來敲門，而且已登堂入室，那就勇敢面對，欣然接受挑戰吧！

我想，在接下來的日子裡，平靜地觀察自己思想與心情的變化、如何得到療癒與重建人生的過程，然後將這些經驗分享給其他人，特別是給有類似遭遇者借鏡。這也會是一種善、一種貢獻吧，也是我接下來可以做、應該做的一件事。

08

當我不再費心去追問「為什麼」，不再設想各種「如果」後，坦然接受這個殘酷的事實，我才能穿過它、跨越它。

然後才能慢慢的，慢慢的，逐漸恢復生活的日常，重建人生。踏入另一個人生範疇，進抵另一種生命境界。

六月十日早上，我們從中和開車到三芝的北海福座，舉行簡單儀式，將谷神暫厝的靈骨正式進塔。

當車子從淡金公路轉進北新路，接近水源國小時，身旁的妻子忍不住開始啜泣起來，我默默握住她的手。

淡水是妻子的故鄉。一九八五年，谷神未滿六足歲，妻子將他帶回淡水，提前在水源國小入學。她跟谷神就住在淡水的老家，每天騎摩托車載他上下學。讀了一學期後，才轉回中和的復興國小。

妻子泣不成聲：「如果當年不要將谷神帶回淡水，讓他晚一年才讀小學，就不會發生那樣的悲劇……。」

晚一年入學，谷神遇到的同學和師長就都不一樣，接下來的生命機遇也跟著不一樣，那他很可能就會走上不同的人生路，現在也許仍在美國或台灣某處好端端地過活，而不會在那一天猝死……。

谷神的驟然離世，除了悲痛不捨，也讓我們產生很多自責與懊悔，在心中浮現一大堆的「如果」：

如果在他說因有點中暑而拉肚子的四月底，我們能絆他回家住到母親節，順便調養身體；如果在知道他血壓和膽固醇都有點高、心跳太快時，就積極地帶他去看我的心臟科同學……。

如果能催促他快快完成新居的裝潢（閒置半年），換個新環境，跟我們住在同一個社區；如果能經常更主動地和他談心：對他的心事多一些了解，給他更多的關愛和支持……。

這個「如果」還可以一直往前推：如果他想返台創業時，能勸他多觀察些時候，就不會碰到疫情和其他事；如果在他讀地質研究所時，能鼓勵他走學術路線，朝他也有濃厚興趣的古生物學發展……。

如果、如果，從谷神出生到事發之前，可以找出成百上千個「如果」。如果當初我們能……，那谷神現在就會有不一樣的人生，不會在那一天英年早逝。

眞是「集九州之鐵，鑄成大錯」啊！眞是讓人「追悔莫及」啊！

但一切的追悔，其實都是事後才「追」出來的。如果谷神當天能夠跨過那個坎，不只好好活著，而且將來還有了亮麗人生，那麼原先那些讓我們自責、懊悔的「如果」，都將翻轉成讓我們欣慰、自豪的「就是」：

就是我們讓他提前入學、就是我們讓他隨自己的興趣去發展、讓他自個兒安排自己的生活……，他才有後來的亮麗人生。它們，都將變成我們的「明智抉擇」。

到底什麼才是我們需要、可以仰賴的想像或眞實呢？

這段日子，心中除了一大堆「如果」，還有各種「爲什麼」。

爲什麼上蒼要這樣殘酷地對待谷神和我們？身體有毛病、情況比他糟糕的人多的是，爲什麼偏偏是他？他還這麼年輕啊！爲什麼離開的不是我們而是他？爲什麼？爲什麼？

爲什麼谷神會在那天驟然離世？來相驗的法醫說「最有可能是心肌梗塞急性發作」，但這也只是他的「推測」。如果想知道眞正的死因、眞正的「爲什麼」，那就需要對遺體進行解剖，但我們怎麼忍心這麼做？而且眞有這個必要嗎？

即使確定就是心肌梗塞，那又要如何解釋血管堵得比他厲害的不下百千個人，爲什麼不會發作？他爲什麼又會在那個時間點、而不是快三個小時或慢一天發作？總之，若要追根究柢，那眞有問不完的一大堆「爲什麼」。

很多親戚朋友、甚至不認識的人好意提供我們一些說法（答案），希望能撫慰我們，走出悲痛。我們都由衷感謝。

有人說，那是谷神和我們的「命」。但什麼是「命」？是上蒼的安排？是冥冥中自有定數？或是難以參透的天機？

「君子以不在我者爲命」，「命」指的應該是並非自己能掌握，但卻能決定自己生死禍福的因素。命理大師或通靈仙姑也許能對谷神爲什麼會在那一天驟然離世、甚至現在到哪裡去了，都能提出明確的「爲什麼」。

每個人都說得頭頭是道，非常明確而又彼此不同，奧妙得讓我難以理解，但卻也不是我眞正需要的答案。

中國文化過去對「命」有十幾種解釋，在自問自解後，現在，最能讓我釋懷、豁然開朗的解釋是：「偶然，謂之命。」

谷神爲什麼會在那一天驟然離世？看似有某些「必然」的原因（譬如說是心肌梗塞或

紫微斗數、前世因果），但其實都「未必然」。

就像量子物理學家波恩所說，在我們熟悉的「必然」因果關係中，也都含有「偶然」的成分。譬如每個人都「必然」是來自父親精子與母親卵子的結合，但在千萬隻精子中，哪一隻會和卵子結合，卻純屬「偶然」。因此，「偶然」才是宇宙的最初因，也是長期被忽略、最大的「天機」。

每一個人的人生，都交織著「必然」與「偶然」。更多時候，「偶然」可能還更具關鍵性。既然是「偶然」，那就沒有「爲什麼」，再多的詰問、再多的解釋和答案，也都只是徒勞。

當我不再費心去追問「爲什麼」，不再設想各種「如果」後，我才忽然明白：以前所以會糾結於此，其實是因爲心裡一直無法接受、不想接受、拒絕接受兒子已離開人世這個殘酷的事實。

人生已不可逆轉。一再糾結，只會讓自己在悲痛的深淵裡愈陷愈深，無法自拔。只有坦然接受這個殘酷的事實，接受它，才能穿過它、跨越它，才能慢慢的，慢慢的，逐漸恢復生活的日常，重建人生。

然後，踏入另一個人生範疇，進抵另一種生命境界。

現在，每天早上，在書房裡，我會靜靜地翻閱谷神遺留下來的種種，喚起過去與他的很多回憶、還有聯想。

我仰頭望天，近觀桌前，雲在青天水在瓶。

青天上的雲隨風遨遊，何等自在？瓶子裡的水被困在一隅，何等拘束？

但雲跟水原本就是同樣東西的不同變化，我又何必一再追問：

「爲什麼」雲在青天水在瓶？

母子連心在大溪

09

谷神的朋友和我對谷神的本性有著不同的認知，但大家看到的可能都只是他人格豐繁樣貌裡的一小部分。

在將谷神的生命從我的執念及死亡的束縛中解脫出來後，我也得到了解脫，對人生不再有那麼沉重的感覺。

飛仙在谷神的追思會上，提到谷神小時候的一件往事：「跟我這個粗心、散漫、三心二意的姊姊比起來，谷神從小就是個什麼都仔細又努力要做到極致的人。『隨便弄一弄』這樣的事，對他來說是很困難的。比方他小學一年級，國語習作第一課的作業，因爲用鉛筆沒有辦法畫出跟範本一模一樣粗細、純黑色的圖形，不斷擦掉重畫，急到要哭。這除了是龜毛和固執，更是他面對世界與生活的認眞。」

這使我想起，我在一九八八年所寫〈童稚之德行〉的文章裡，提到他們姊弟在讀小學時給我的不同印象：

就讀小學五年級的女兒和三年級的兒子，每個禮拜都要拿他們「好學生的一天」給我簽名。這個小本子把學生一天的活動分成十大項目，要他們「誠實的檢討，勇敢的改進」。

外向、活潑而粗線條的女兒，在最後的「自我檢討」欄裡總是寥寥數語，甚至還會自我嘉勉一番。

但內向、羞澀而拘謹的兒子，卻很喜歡「自我檢討」，在「哪些行為我做得不好或沒有做到，應該如何改進？」這一欄，總是寫得密密麻麻的。其中「用心做事不說話」、「專心上課」這兩項幾乎是他每個禮拜都有的「缺點」，每個禮拜都拿出來「自我檢討」。

當時，我不僅覺得他們姊弟天生的氣質不同，而且認爲谷神跟我一樣，童年時代即已顯現出內向、羞澀、喜歡沉思、拘謹、自我要求高的人格特質，而在將來的人生旅途上，可能會感受到更多的壓力。

雖然從他後來的言行裡，我也慢慢發現他有熱愛大自然、喜歡冒險的一面，但從其他方面，我還是認爲在本質上或骨子裡，他依然是個內向、羞澀、喜歡沉思、拘謹、自我要求高的人。

飛仙在臉書設立「谷神追思」社團網頁後，很多他過去的同學、同事、朋友、同行紛紛來表達他們的震驚、不捨，更緬懷過去與谷神的種種。

有一兩個人提到谷神的內向、靦腆、細心、認眞、喜歡思考一些奇怪的問題。較多人談及谷神淵博的學識、善良、親切、慷慨，關心與樂於提攜後進。

更多人忘不了的是他招牌的笑容、爽朗的笑聲、超級幽默，是party裡的嗨咖，時而帶著幾分醉意扭腰擺臀、風靡全場；時而拉高嗓門、大放厥詞、妙語如珠，引來哄堂大笑。

讓最多人懷念的，跟我印象中的谷神其實很不一樣。當然，一個人在父母跟朋友面前原本就會判若兩人，而且他在紐約十四年，太多閱歷也可能讓他性情大變。

如果把生命比喻成一盞油燈，那麼不斷翻飛跳耀的燈焰，就如同他的生命歷程，明暗與形狀不一，既非同一焰，亦非另一焰。其中，是否有什麼不變的本質？或者說人格的基調、生命的主旋律？

很感謝谷神的朋友們讓我看到了谷神生命的其他樣貌。雖然有點遲，但也讓我重新思考「如何理解生命」這個古老的問題。

以前，我認為每個生命都有他特殊的本性（質）。譬如我很早就覺得內向是我的本性，是我生命的基調、主旋律；而靦腆、自閉、拘謹、喜歡沉思等則是由它衍生出來的協奏。

雖然在大學時代，我也曾經性情大變，變得犬儒、玩世、浪蕩、嬉鬧無度，但總覺得這些只是在掩飾、彌補、反擊我本性中的靦腆與哀愁。結婚以後，的確又變了不少，但我還是認爲自己是一個「樂觀的悲觀主義者」、或者一個「理性的感性主義者」。悲觀與感性才是我生命的本質，樂觀與理性不過是我後來對它們的修飾。

但，我應該這樣來理解谷神嗎？

對在紐約才認識谷神的那些朋友來說，也許會認爲外向、爽朗、幽默、人緣佳才是谷神的人格特質（本性），靦腆、拘謹只是他在某些情境中的變調。

雖然每個人（包括我自己）對谷神的了解都只是片面的，但不同的認知卻會對他的離世產生不同的看法。那些紐約的朋友，除了震驚與不捨，大抵認爲谷神終究又跑到衆人前面，先到人生之後的旅途裡幫大家探路；或者悟出打破無限循環階梯的通關祕技，充滿驚奇與衝勁地在星際間翻滾飛翔。

老實說，對谷神的離世，我的看法和心情都比他們沉重、悲悽許多，不只因爲父子舐犢情深，更可能是因爲我對谷神的本性和他們有著不同的認知。但我的認知就比較眞確、比較深刻、比較恰當嗎？

谷神的驟然離世，讓我在一時之間產生很大的無常、空幻感，不僅「照見五蘊皆空」，也對「緣起性空」有了更深刻的體認。它提醒我：一個人生命中的一切大抵是因緣而起，隨緣而滅，並不存在一個具體的本性（性空）。我以爲自己和谷神的生命有個恆常不變的基調，其實只是自以爲是的幻相。

空（無），雖然讓人覺得如夢幻泡影，但就像蘇東坡所說：「無一物中無盡藏，有花有月有樓台」，正因爲空無，所以什麼都裝得下，可以容納谷神的每個朋友、每個親人爲他描繪的所有不同樣貌。

它們雖然非常多樣，甚至彼此扞格，但卻都是平等的，沒有主從、高低之分，也無主旋律、協奏或變調之別；都是了解谷神所必需的。

從這個角度重新去認識谷神，我發現他雖然內向、卻也很活潑；靦腆而又爽朗、拘謹也超級幽默；喜歡沉思、更喜歡大自然；對蝴蝶與攀岩車、地質與動畫有著同樣的愛；自我要求高，但也放得下；有點自閉，而又讓那麼多人懷念感謝……

這不是矛盾，而是豐富、多采、多姿。以前會覺得矛盾，是因爲我先入爲主地認爲他的生命有一個作爲主導的本性或基調，而忽略其他、甚至隨意扭曲，但這其實是在把他「看扁」。

生命的可貴，不在長度，而在它的廣度和深度。我因爲體認「緣起性空」，才看到谷神的生命，因爲「眞空」而有著「妙有」，不只有花有月有樓台，還有更多景致，更多等待我去挖掘、觀賞的瑰麗。

他雖然活得比多數人短暫，但卻比多數人有著更多采多姿的生活、更繁複多樣的人格樣貌。即使有再多的不捨，我還是應該爲此感到欣慰。

在將谷神的生命從我的執念及死亡的束縛中解脫出來後，我也得到了解脫，對谷神、對自己、對人生不再有那麼沉重的感覺。

谷神在美國 Blue Sky 工作室

10

我對谷神一直有著模糊的、不安的懸念。因為我發現他對塵世與生命中的黑暗面，一直具有較敏銳的感受力與較多的興趣。

我了解谷神在精神上遭遇的寂寞與艱難，惋惜他在還來不及向世人展現他看到的光明之前，就意外地倒了下去。

谷神離世後，有位朋友私下對我說，他因關心與好奇而去看了谷神的臉書，發現谷神生前幾個月的臉書內容，有著太多暗黑的色調，而懷疑他是否得了憂鬱症。

很感謝這位朋友的關心，他的懷疑也不無道理。譬如二〇二一年十二月十一日，他在臉書上貼了一張照片：兩面灰色的牆壁夾著一段向下的狹窄樓梯，窗戶的燈光投射在樓梯上方的牆壁，形成一塊長方形的光影。整個畫面給人一種空寂、冷清、暗黑的感覺。

那是谷神租屋處的樓梯，看起來就像要前往一個黑暗的深淵（但其實是下樓後開門，即是外面的花花世界）。

他以「Limbo」來形容這個畫面。我查了一下，在基督教裡，Limbo 指的是位於天堂與地獄之間，非基督徒的正派人士靈魂的棲息場所。

這的確具有相當濃厚的憂鬱色彩，但我跟那位朋友卻有著不一樣的理解。

臉書，可能是那位朋友了解谷神最主要、甚至唯一的途徑，他會有那種理解，也是合情合理。我也看谷神的臉書，也知道在過去一段時間，特別是疫情爆發後，他的臉書的確有比較濃厚的暗黑色調，人可能也變得比較消沉（很多人不也都是如此嗎？）但除了臉書，我還有更多了解谷神的途徑。

我們一家四口在Line上有個群組，經常在一起閒聊，交換生活點滴和意見。谷神回台灣後，和我們夫妻一起出遊、吃飯、交談的機會也增加了很多，從這些尋常互動裡，我整體的感覺是谷神固然有發牢騷、感到挫折、失意與憂愁的時刻，但同樣也有撥雲見日、樂觀、笑開懷、充滿希望的一面，他的情緒跟我們一樣，是起伏波動的。

特別是在他驟然離世之前，他還爲他新居的裝潢花費心思，到牙醫診所整頓好他的牙齒門面，展開一場頗可期待的新戀情，謀劃新的工作內容等等；我想，這不是一個有憂鬱心結的人會有的行徑。

但我也必須承認，我對他也一直有著模糊的、不安的懸念。因爲我發現他對塵世與生命中的黑暗面，長期以來或與生俱來就具有較敏銳的感受力與較多的興趣。

谷神喜歡攝影。從他留下來的數萬張數位照片裡（二〇〇四年起），除了日常生活紀錄（占大多數）外，讓他心有所感而拍攝，特別是經過處理而留存下來的（有些已登在臉書、IG上頭），大多數是在呈現夜裡的幽闇、孤寂，驟雨暴雪後的淒冷、沉重；即使是他所鍾情的昆蟲、菇蟹等，也不乏被輾碎、相食的殘酷畫面。

他寫過一些文字，我勸他稍作整理。他先丟給我「夢」與「調酒」兩個系列。在描述夢境的短文裡，我看到的多屬光怪陸離、神祕詭譎，或是陰森恐怖、讓人噁心的情節，就像一幅幅「夜間的黑暗風景」。即使是他喜歡而且擅長的調酒系列，他所品嘗到的絕妙醺然裡也有著血腥的陷阱、悲情的回憶、絕望的苦味。

他畢業時獲得金穗獎的動畫短片《*Hallucii*》，說的是一個酒鬼進入一座城堡，城堡的樓梯來自視覺幻象的建構，看似往上走，最後卻走到下面去；結果，醉眼迷離的醉漢被困在無盡循環的顛倒世界裡無法脫身……。它，其實也是生命之黑暗與徒勞的一個象徵。

綜觀他的作品，雖然也有一些讓人聯想到光明、歡樂的內容，只是在比例上不像暗黑系那樣多，而且觸動人心的效果也不如暗黑系。但我覺得，對黑暗有較敏銳的感受力，並不代表內心就是黑暗的。而在從事創作表達時，喜歡呈現事物黑暗的一面，更不是在反映內心的黑暗。

谷神的名字是他母親所取，語出《老子》：「谷神不死，是謂玄牝」，意指一股玄妙無比，能滋生萬物、生生不息的創造力。但他在臉書的自我介紹裡卻說，「谷神」是「進退維谷，六神無主」。

他母親問他爲什麼要這樣說？他嘻皮笑臉地回答：「這樣說比較好玩嘛！」

他偏愛從黑暗的一面來呈現或表達他對事物的理解，這也有可能是來自他有意的選擇。爲什麼做此選擇？除了好玩外，也許是認爲這樣比較特殊、比較有深度，是理解事物本質或眞相的一個有效途徑吧？

我會這樣認爲，因爲我個人也有這種偏愛。早年的我，曾在一篇〈星光的教誨〉裡有過如下的表白：

只有在黑暗中，我們才能看到另一種光，比陽光更遙遠、更神祕的星光。
這種黑暗中的光明，永恆而無言，是自然賜予我們的另一種光明。
自然不想讓我們永遠置身（在世俗的）光明中，所以在白天之外還給我們黑夜，不想讓我們只感受一種光明，所以在陽光之外還給我們星光和月光。

我的靈魂不想讓我只過一種生活，所以每隔一段時間，就會將我從白天的城市帶到黑夜的山野。

在暗夜中，不只讓我們看到遙遠的星光；在黑暗中所看到的天象，也許才更接近宇宙的眞相吧？陽光普照時所看到的天空，才眞的只是宇宙的一個幻象吧？

猶太人有句名言：「人的眼睛是由黑、白兩部分所組成的，可是神爲什麼要讓人只能通過黑的部分去看東西？因爲人生必須透過黑暗，才能看到光明。」雖然不能說只有透過黑暗才能看到光明，但透過黑暗所看到的光明可能是更眞確、也更經得起考驗的光明。

從懂事以後，對生命中的很多現象，我都偏愛從黑暗的角度去觀照。在早期，可能是來自個人的生活經驗；但在成年以後，我所受的醫學教育則告訴我，從異常、痛苦、變態、隱密的一面切入，是了解生命進而提出療癒的有效途徑。

谷神讀的是地質，它同樣是從挖掘地表深層、隱密、暗黑的部分去了解地球的生命。

我想，谷神偏愛從黑暗的一面來理解、表達他對生命與事物的看法，可能是來自與我同樣的偏好或基因，只是我喜歡的是抽象、觀念上的黑暗，而他偏好的則是具體、影像上的黑暗。

但個人的經驗告訴我，這樣的人生視角會讓生活變得比一般人來得艱難。因爲當我這樣看時，一般人眼中的光明、正能量都只是表面，覺得沒有什麼吸引力；不再留連、渴望被衆人歌頌的光明事物，使我失去不少世俗的光采和歡樂。

從黑暗面去理解和呈現對生命與事物的看法，如前所述，是晦澀、冷僻、甚至陰森的，即使不是曲高，也必然和寡；不僅無法得到多數人的認同、欣賞，還會讓人感到皺眉、嫌惡。

我想這也是谷神在臉書上的圖文，除了他的朋友外，很少人來按讚的原因。不過話說回來，谷神這樣做的用意主要是在從事自我表達，而不是想吸引多少人來拍手按讚；但長期下來，難免會有寂寞之感。

從谷神的臉書及其他作品，多數人看到的是心情沉悶的「憂鬱」，但我看到的卻是乏人理解的「寂寞」。

要想從黑暗中看到或展現經得起考驗的光明，絕非易事，它需要有相當的人生歷練、沉澱和醒悟。我個人在寫作方面，從挖掘荒誕、詭異的《漢民族的幽闇心靈》系列到頌揚另一種光明的《蟲洞書簡》、《青春第二課》，中間就經歷過只有自己才知道的艱難轉折。

身爲一個過來人，我了解谷神在精神上遭遇了比常人更多的寂寞與艱難，但這也是「求仁得仁」，並沒有什麼好後悔的。我只是惋惜，在還來不及向世人展現他看到的光明之前，他就意外地倒了下去。

身爲一個父親，爲他編撰《山下有風：王谷神圖文集》，成了他留給我的功課。而我要如何根據他留下來的資料，剪裁出一個「能從黑暗中看到光明」的作品，則成了我給自己的一個艱難使命。

11

「同病相憐，同憂相救」，有著同樣不幸遭遇的人不僅能互相了解；而且在相濡以沫中，讓心靈得到最大的撫慰。

了解他們如何得到療癒、重建人生的說法和做法，使得恍如置身黑暗隧道中的我，看到遠方的出口處有光。

六月廿二日，從網路上看到一則新聞：《ELLE》總編輯楊茵絜於六月廿一日因甲狀腺風暴引發心臟衰竭病逝，她父親作家楊渡在臉書上發文，透露此一不幸消息。

我連忙去看楊渡的臉書。讀到：「心愛的女兒楊茵絜，二〇二二年六月廿一日凌晨，因心臟衰竭，遠行。大慟！痛徹！」

「小茵，謝謝妳，謝謝妳從小到大給我這麼多的快樂，這麼多歡聲笑語，這麼多愛與擁抱，妳帶給我成長的喜悅，勝過天地間一切。此後，也只能帶著妳交給我的功課，流浪死生，學習走下去。」

我讀後，心有戚戚。留言說：「同是天涯斷腸人，深刻了解你的悲痛。但還是請節哀。」

我在臉書透露谷神離世的訊息後，很多親友、讀者也都來留言，感到震驚、不捨、感同身受、哀悼，也希望我們節哀、保重。真情溢於言表，讓我們悲痛碎裂的心得到不少撫慰。

我的一位高中同學（德州大學退休教授）留言說：

「溢嘉兄，請節哀保重。我可以深刻體會此刻你突然喪失至愛時心裡的痛苦。我的小兒子十五年前驟然過世，我與老婆也經歷過一段傷心的日子。但在朋友的幫助下，我們逐漸認知他永遠活在我們及他的朋友的記憶中，往事有傷心不捨也有美好的回憶，希望你也可以很快走出傷痛，懷念與你兒子相處的美好過去。」

妻子在看了這則留言後，打開手機，讓我看她的一位好友寫給她的私信。

原來這位友人的兒子五年前在美國過世，但她從未主動向人提起。直到有人告訴她谷神離世的消息後，她才寫信向妻子透露這個遲來的訊息、她的心情與慰問：

「這種無常迅猛的大慟，是巨大而無聲的內爆……這麼痛的事派，哪能一下子就接受！慢慢來！畢竟這母子情緣，曾經如此深刻、如此美好。……我自己認定的是，他需要去reset了，如同電腦系統太繁雜糾結，需要重啓，我就認定，他跑去讓生命重啓了。所以，心裡就繼續的祝福他，繼續思念也繼續嘮叨，如同他還在世上而不在身邊。」

不只妻子，我看了都覺得她字字血淚、句句出自肺腑、深深打動我們內心。

這不正是古人所說的「同病相憐，同憂相救」嗎？有著同樣不幸遭遇的人不僅能互相了解、同情，彼此支援；而且在「相呴以濕，相濡以沫」中，讓心靈得到最大的撫慰，生活能更快速地恢復常軌。

在這段期間，爲了避免自己陷入無明的空想，我也主動到網路上尋找有類似遭遇的父母，看他們如何面對，又有過什麼心路。我最先想到的是前輩作家黃春明，以前只知道他有個兒子年紀輕輕就自殺殉情，上網看了相關報導及文章才曉得：

黃春明的二兒子黃國峻也是小說家，死時才三十二歲。一向善感的黃春明深受打擊，表面上如常演講、寫作、帶領「黃大魚兒童劇團」繼續演出，卻在短短時間內花白了頭髮、瘦了十幾公斤。

國峻死後一年，黃春明寫了一首短詩〈國峻不回來吃飯〉：

> 國峻，我知道你不回來吃晚飯，我就先吃了，媽媽總是說等一下，等久了，她就不吃了……現在你不回來吃飯，媽媽什麼事都沒了，媽媽什麼事都不想做，連吃飯也不想。國峻，一年了，你都沒有回來吃飯。

平淡的文字裡，含藏了他們夫妻對痛失愛子的不忍與思念。讓谷神也不再回家吃晚飯的我們，讀後眞的就是感同身受。

國峻生前，向黃春明說過他對轄下一個士兵悲慘自殺的不忍，這個士兵的名字——金豆，後來就成了黃春明所編兒童劇《小駝背》主角的名字。也許是潛意識在作怪，黃春明有一次竟把演員口中的「金豆」誤聽爲「國峻」，而差點情緒崩潰。

兒子死後，雖然黃春明也曾因悲從中來，而自己在家裡嚎啕痛哭了幾回，但在人前總是說：「爲人父母，沒有自殺的權利，就是要勇敢地生活下去！」不只勇敢活下去，而且更注意自己身體的健康，今年已經八十七歲的他，依然像一尾活龍。

除了黃國峻，歌手張雨生也是年紀輕輕就因車禍而過世，令人悲痛。但同樣的，我關注的並非亡者的不幸，而是他們的父母。

張雨生的父親張建民，一九四九年隨軍來台，退伍後在梨山種果樹維生。一九九七年，在歌壇當紅的張雨生突然過世，年僅三十一歲，這晴天霹靂，對張建民夫妻的打擊有多大可想而知。

但更令人不忍的是，一九八六年，年僅十五歲的張雨生妹妹張玉仙亦已在梨山山澗不幸溺水身亡。兩度白髮人送黑髮人，那種痛徹心肺，眞的是讓人無語問蒼天。

張建民在台中大肚山建了一個「雨生園」，做爲張雨生和張玉仙的埋骨之所。二〇一一年，八十四歲的張建民過世後，終於在此和他早夭的子女相聚。大肚山的「雨生園」和位於澎湖馬公的「張雨生故事館」（他出生的眷村）都成了好友及歌迷憑弔張雨生的紀念園區。

而張建民夫婦及家人則在梨山開了一間「張雨生之家」的民宿，陳列跟張雨生相關的種種。機緣湊巧，就能與來投宿的旅人翦燭共話雨生，成了他們緬懷張雨生的另一種方式。

我從網路上才知道，武俠小說泰斗金庸五十二歲時也痛失愛子。一九七六年，他十九歲的長子查傳俠在紐約哥倫比亞大學跳樓喪命，雖然警方說是出於跟女友的情感問題，但金庸一直自責是因爲他們夫妻失和，才導致兒子傷心絕望，一死了之。

在親嘗極致的悲痛後，讓金庸在《倚天屠龍記》的後記中說：「張三丰見到張翠山自刎時的悲痛，謝遜聽到張無忌死訊時的傷心，書中寫得太過膚淺了，眞實人生中不是這樣的。因爲那時候我還不明白。」

傷心得幾乎自己也想跟著自殺的金庸，四處尋找能讓他參透生死奧祕、脫離苦海的說法。最後，他從佛經裡得到了解決心中疑問的答案，經過一年半的時間，才從哀傷的心情中慢慢解脫出來。之後，也透過小說，將他所領悟的佛法分享給讀者。

一個人突然失去所愛，不僅會讓他悲痛不捨，更有整個人生在剎那間崩解的失魂落魄感，他需要的不只是慰藉，還需要有能夠重建人生的說法和做法。

這時最能打動他的就是「同是天涯斷腸人」的經驗。因爲那種痛，只有親身經歷者才能體會，是常人的任何想像都難以企及的。

但不管多痛，都並非只有你一個人才有。我因爲知道有很多人跟我有著同樣的傷痛，以及了解他們如何得到療癒、重建人生的說法和做法，而使恍如置身黑暗隧道中的我，看到遠方的出口處有光。於是，悲欣交集地朝它走去。

12

這就是——或者說，這才是谷神想要的人生，更是他必須熱情擁抱的宿命。因為，一個渴望飛翔的人，是無法滿足於爬行的。

葉慈詩句：「我知道我將在雲端的某處，和我的命運相逢。」我想，在與他最後的命運相逢之前，谷神應該是快樂的。

「好久不見了，陽光。這頓小陽光餐可是價值不斐，花了三萬四百台幣才勞動飛機帶我掙扎爬過雲層，來到兩萬呎高空。下午1：24，我終於擺脫連續幾周的陰雨。感動之餘，不免小抱怨一下……」

在谷神一本筆記本的第一頁，看到這樣的文字。旁邊還配了一張陽光透過飛機機窗灑在座位上的素描。註明日期是2004 Feb 7。

這不正是十八年前，他搭乘國泰航空欲前往紐約SVA（視覺藝術學院）就讀，飛機上的一景嗎？

我摹想當年他坐在飛機上，看著機窗外的藍天白雲，寫這段文字時的心情。

「我知道我將在雲端的某處，和我的命運相逢。」葉慈的詩句浮上我的心頭。當時谷神想必懷抱振翅高飛的夢想，心中充滿對未來的憧憬吧？

谷神向來對世俗價值的興趣不高，總是在追求他認爲更值得追求的東西。他高中時代著迷於恐龍，把各種恐龍的拉丁文和英文名字背得滾瓜爛熟，隨時都能朗朗上口；大學聯考要考的英文反成了次要之務。

他不像我那麼在意成績，大學聯考考得不是很理想。老師建議他也許可以考慮成大電

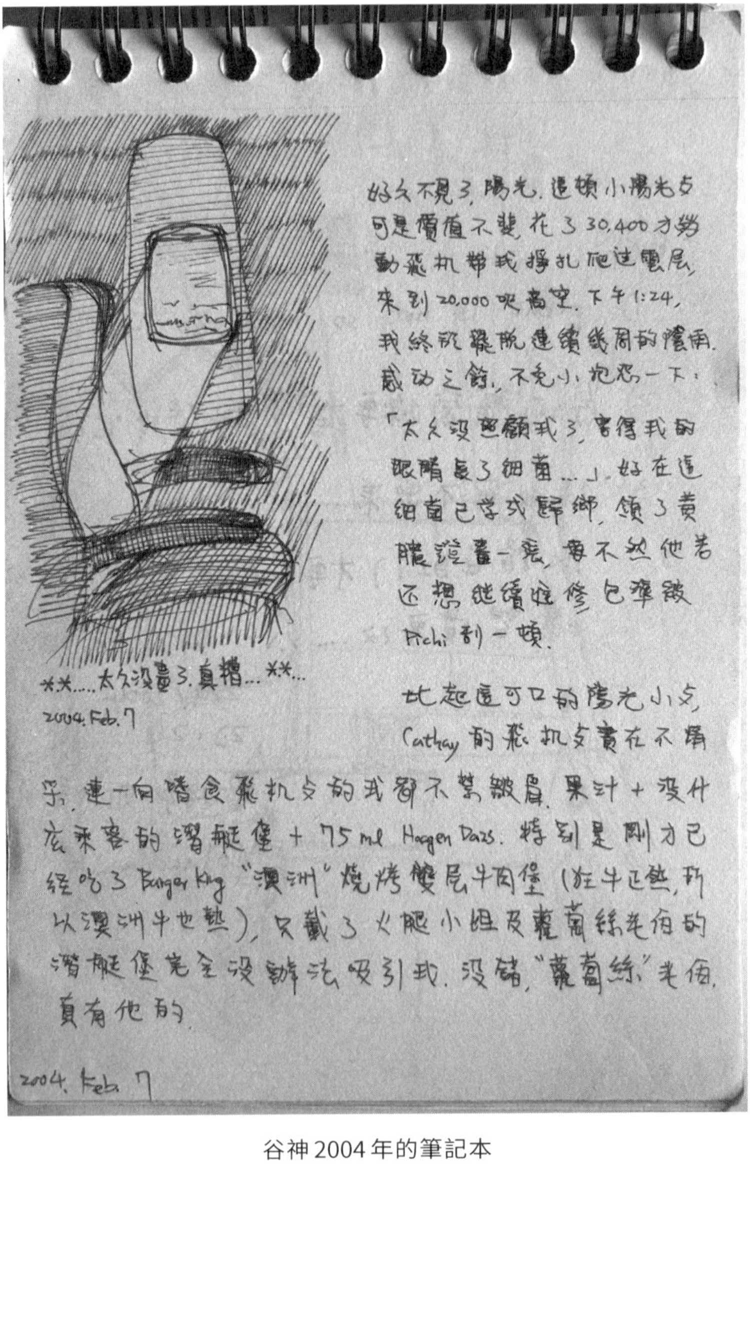
好久不見了陽光，這頓小陽光餐
可是價值不菲，花了30,400才勞
動飛機帶我掙扎爬過雲層，
來到20,000呎高空。下午1:24，
我終於擺脫連續幾周的陰雨。
感動之餘，不免小小抱怨一下：
「太久沒照顧我了，害得我的
眼睛長了細菌……」。好在這
細菌已宣告歸鄉，領了黃
膿證書一張，要不然他若
还想繼續逗留，包準被
Aichi 刮一頓。
……太久沒畫了，真糟……
2004.Feb.7
比起這可口的陽光小餐，
Cathay的飛機餐實在不[illegible]
，連一向嗜食飛機餐的我都不禁皺眉。果汁＋沒什
麼乘客的潛艇堡＋75ml Hagen Dazs。特別是剛才已
經吃了Burger King "澳洲"燒烤雙層牛肉堡（狂牛正熱，所
以澳洲牛也熱），只載了火腿小姐及蘿蔔絲老伯的
潛艇堡完全沒辦法吸引我。沒錯，"蘿蔔絲"老伯，
真有他的。
2004. Feb. 7

谷神2004年的筆記本

機系，但他卻決定要念台大地質系，因爲這才跟他當時熱愛的恐龍跟大自然相關，他想更深入了解這方面的研究與知識。

在地質系及研究所六年，他不只上山下海，在各地的調研工作中認識了台灣自然生態的紋理與底蘊；也參加了攝影社與單車社，擔任墾丁公園解說員，以另一種方式去踏查自己的夢想，驗證所學。我想，在這緊貼著夢想而行的青春歲月裡，谷神應該是活得很充實、也很愉快的。

念研究所時，他看了《怪獸電力公司》，立刻又迷上了3D動畫。原本就是個電腦通的他（他在念建中時即參加了資訊社），似乎聽到了某種召喚，開始覺得3D動畫是更具挑戰性、更有時代感的工作，而有了新的夢想。

在地質研究所快畢業時，他說他想去紐約的SVA學3D動畫。我們二話不說，立刻鼓勵他前往，也答應給他必要的資助。

身爲一個過來人，我知道人生有夢最美。我一點也沒有「那你地質不是白念了嗎？」的感覺。我深信：凡走過的必留下痕跡，不管學什麼，只要能吸收，都可以爲後續的夢想提供養分。

在紐約，在ＳＶＡ，一切都是新鮮的，他不只學到他想學的，結交從台灣及世界各地來的朋友，大大開拓了他的眼界，也使他生命的根基變得更加厚實。我在前面提到的那本筆記本裡，就記錄了他在ＳＶＡ的各種見聞及想法。

當我們專程到紐約參加他的畢業典禮時，看到他幾乎變成另一個人，容光煥發，談笑風生，我們眞的爲他感到高興。

他以他在ＳＶＡ的畢業作品《*Hallucii*》，報名參加台灣金穗獎。結果獲得第廿九金穗獎的最佳動畫片獎，我代表他去領獎時，不只欣慰，更對他變換人生跑道、追逐新夢想的雄心，滿溢著信任與期待。

他畢業後留在美國，先後在Psyop和Blue Sky兩家動畫公司工作，參與了《冰原歷險記》、《里約大冒險》等知名動畫片的製作，雖然也有辛苦、挫折、有時還忙到快爆肝的時候，但「不是一番寒徹骨，哪得梅花撲鼻香」？

終於，他慢慢成爲駕輕就熟的資深動畫藝術家。但就在快四十歲時，他忽然說他想辭掉安穩的工作，回台灣創業。理由是：「四十歲是人生的分水嶺。如果我繼續上班下去，那就會跟其他人一樣，也許再混個十幾年退休，然後到處遊山玩水、吃香喝辣。但這不是我想要的人生，我還有我的夢想。」

不只要自己創業，他還想爲台灣尚未成熟的３Ｄ動畫產業略盡棉薄。我們當然是樂見其成。他成立了「山下有風創意公司」，名爲公司，其實只有他一個人。

因爲還沒有自己的團隊，他在頭一兩年，主要是擔任已具規模的動畫公司的影片導演。其中最讓人刮目相看的是與台灣的夢想動畫合作，擔任星宇航空飛安影片《星探者》的導演。這部把飛安影片當皮克斯電影來拍的動畫片，曾獲得美國泰利獎的七座銀獎與韓國釜山國際廣告節的銅獎。

但這並非他眞正想要的。他最大的夢想是想要自行創作非商業性的３Ｄ動畫片，打算先從短片或系列短片做起。有一天晚上，他兩眼發光地向我們提起他已經在醞釀中的兩個構想：

一個是《看得見的氣味》系列短片，某人在三十歲生日時，忽然具有能將嗅覺轉換成視覺影像的特殊能力，由此而衍生出各種有趣的故事。一個是他晚上經常作各種光怪陸離的夢，他想以自己的夢爲素材，創作一系列的動畫短片。

他要完成一個動畫短片，所花的時間和心血比我寫一本書艱難許多，更需要忍受漫長的孤獨。但夢想一經點燃，就只能不斷燃燒下去。這兩個夢想都非一蹴可及。還好他現在已較沒有經濟壓力，正打算裝潢好新居後，能好整以暇地獻身於他最新也是最大的夢想時，誰知道晴天一個霹靂……。

從世俗的角度來看谷神走過的人生路，可以說他走的是一條比多數人都崎嶇、困難的道路：一再放棄辛苦經營、已稍有所成的安穩，毅然踏上另一條更吸引他、但也需要再度披荊斬棘、前途未卜的夢想之路。

這就是——或者說，這才是他想要的人生，也許更是他必須熱情擁抱的宿命。因爲，

「一個渴望飛翔的人，是無法滿足於爬行的。」

谷神的人生不只有夢，而且還不只一個夢。在不同的人生階段，他有著不同的夢想；當實現了一個夢想或嘗到滋味後，他就又會產生新的夢想，聽到另一種召喚，而開始忘情地朝那個方向邁進。

SVA的畢業作品《*Hallucii*》

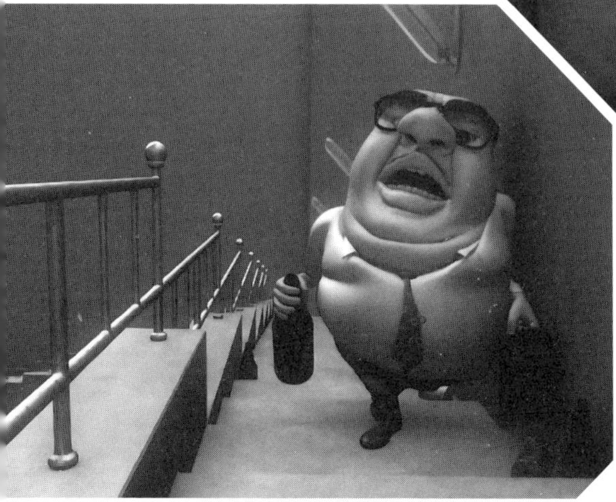

當然，在這個逐夢與築夢的過程中，總是無法像原先所走的路那麼順遂，也必然會面臨新的橫逆，遭遇新的挫折，而使情緒陷入低潮。

這可以說是每個追逐夢想、從事創造工作者都要經歷的折磨，或者說「天譴」。我有時會勸他「沒有壓力，就沒有鑽石」，眞金不怕火煉，只要能撐過去，那些挫折、橫逆和低潮都只是調味品，都會使最終獲得實現的夢想變得更加芳香。

很多讓夢想成眞的過來人都說，他們人生中最刺激、最美好、也最值得懷念的時刻，並非夢想終於獲得實現的時候；而是在追逐夢想，前途未卜，卻能爲想要實現夢想而奮力拚搏的那段時間、那個過程。

我希望也相信，這就是谷神離開前的情況：不管是否有什麼不如意或挫折，他就像以前一樣，在新夢想的召喚下，已經重新整理好旗鼓，正在爲自行創作動畫短片而熱情地籌畫、努力著。只是這個最新也是最後的夢想，失去了實現的機會。

「我知道我將在雲端的某處，和我的命運相逢。」葉慈的詩句又浮上我的心頭。

我想，在與他最後的命運相逢之前，他應該是快樂的。

13

孩子從出生的那一刻起，雖然帶給我們很多歡樂，但也讓我們開始擔心，唯恐他們忽然出現什麼毛病或意外。

真愛的背後，必然隱含著憂懼。但真愛必然也會給子女自由，讓他們走自己嚮往的人生路，縱然其中有著自己的牽掛與憂懼。

當谷神決定自美返台時，他要我們幫他辦國際駕照。因爲他想在離開美國前，自己一個人從紐約開車到洛杉磯，欣賞沿途風光，造訪他想要去的城市、鄉鎮，參觀博物館、美術館等。

聽起來是一個很有挑戰性、冒險性的偉大計畫。但在收到這個訊息時，我和妻子心中浮現的卻是憂慮。

以前也幫他辦過國際駕照，他去歐洲和南美洲旅遊時，應該也都有自己開車的行程，不過當時身邊都有伴可以互相照應。如今想要一個人開車橫越北美，少說也要一、二十天，怎能叫我們不擔心？

但我們還是爲他辦好國際駕照，在寄給他時，順便叮嚀他：「不要太勞累，不要喝酒。祝你一路順風，大飽眼福。」

還好，他最後自己打消念頭，我們才放下心中的忐忑。

「眞愛的背後，必然隱含著憂懼。」在爲人父母後，我才深刻體會齊克果所說的這句話。孩子從出生的那一刻起，雖然帶給我們很多歡樂，但也讓我們開始擔心，唯恐他們忽然出現什麼毛病或意外。

多年下來，才明白很多憂懼其實都是多餘的，但總是無法消除心中的罣礙。特別是孩子不在身邊時，就讓人更加放不下心。

後來慢慢習慣了，不再那麼憂懼。但熱愛大自然而又喜歡冒險的谷神，總會有出乎我們意料的舉動：還在念大學時，忽然說他想和朋友騎單車環島，而且是騎上合歡山、再下到太魯閣，考驗體力與技術的那種。

雖然我們舉雙手贊成，心裡卻還是掛念著，直到他全身曬得黑銅銅地回來，才放下心中的那塊巨石。

但擔心也並非全無道理。

去年清明節邀他回家吃飯，他說：「先給你們打預防針，我前幾天和朋友騎越野車去兜風，不小心摔車，額頭和手臂受傷，但沒有大礙，已經快好了。」回來後，看到他的傷口，雖然不忍（萬一摔下山谷怎麼辦？）但也只能勸他以後自己要多小心。畢竟，已經是四十幾歲的人了。

我們對他一個人在外獨居，生活不是很正常，一直掛念著。也知道他在感情這條路上走得不是很順，但也只能默默期待他能找到一個懂他、愛他、可以相互扶持的終身伴

與同好騎越野車出遊

侶，能在身邊呵護他，讓我們不必再爲他牽腸掛肚。

誰知道，就在那一天，我們這麼多年來的憂懼……竟然成眞！而且，還是晴天霹靂那種！

有時候，覺得兒子有些任性。雖然，我們不願意因自己的牽掛而限制他的活動與作息，但他似乎也沒有太認眞看待我們對他的擔憂與叮嚀。

但，我也不想再責怪他。因爲有一天，我忽然想到：當年的我，不也正是這樣的一個兒子嗎？

我出身貧寒，父母最大的願望是我將來能當個體面的醫師，改善家庭生活。但我學生時代，不只生活頹廢，還寫文章惹禍，在一篇文章裡談到二二八事件及省籍矛盾這些在當時極爲禁忌的議題。

結果害得刊登文章的當期《台大醫訊》被查封，社長和總編輯被處分，刊物也跟著停擺，讓我非常過意不去（當時我是台大《大學新聞》社長，兩份刊物在同一家印刷廠，我文章沒送審就直接拿去印刷廠排版、印刷、出刊）。

當時傳聞有關當局磨刀霍霍，準備給我更嚴厲的處分（我有一位醫學系的學長，因「涉嫌叛亂」而被抓去關了好幾年）。我的導師和醫學院訓導分處主任都叫我去談話，氣氛嚴肅。

在風聲鶴唳中，有人轉告我堂兄，他急忙去通知我父母。父母驚惶失措，但來自社會底層的他們，除了極度憂懼，寫信再三叮嚀我，又有什麼辦法？

當時的醫學院院長李鎮源也找我去談話，但他說：「只要我當醫學院院長一天，我就會保護你。」大概這個緣故吧，這件事最後是有驚無險，不了了之。

但畢業後，我還是沒有照父母的期待去當醫師，而改走文化事業與寫作這條路。當時社會上流行一句話：「如果你想害一個人，就勸他去辦雜誌。」而我卻去當《健康世界》月刊的總編輯，開始在報紙寫一篇只有五百元稿費的專欄。後來，還和妻子成立野鵝出版社、創辦《心靈雜誌》。

我甘之如飴，因為這是我的興趣，也是我的夢想（當然，我也盡了奉養父母的責任，只是無法讓他們享受榮華富貴）。

直到我自己當了父母，兒女也長大後，因爲自己對他們的牽掛與憂懼，我才醒悟當年我的一意孤行，是多麼地傷了父母的心。但即便如此，我的父母卻始終什麼話也沒說。後來，在人前談到我的人生時，雖然對自己當年傷了父母的心感到愧悔，但也感謝他們的眞心愛我，放手讓我走自己想要走的路。

「眞愛的背後，必然隱含著憂懼。」但眞愛，必然也會給子女自由，讓他們走自己嚮往的人生路，縱然其中有著坎坷與風險，有著自己的牽掛與憂懼。

一切既往矣。我只是想藉此機緣和大家分享我做爲一個父親、身爲一個兒子有過的心路。也祝福所有爲人父母、爲人子女者，在有生之年，自己做得到的範圍內，能彼此多爲對方設想，讓親子關係更和諧、圓滿。

14

有人說谷神是從紐約回來的朋友中，最後一個還不願意向現實妥協的人！這真是一句令人難過的褒語。

谷神是有點固執，有些堅持；雖然他無法改變這個世界，但畢竟也是個沒有被這個世界改變的人。我又何必為此太過難過？

在谷神回台創業後不久，我有次向他提議：有沒有興趣和我們認識的一位電影導演吃個飯，大家認識一下？

他的第一個反應是：「這樣很怪耶！我沒看過他的電影，他也不知道我做了哪些事，見了面要談什麼？讓人家覺得就是想要建立人脈、拉關係。我沒興趣啦。」

結果，當然是不了了之。其實，我很少主動約人家吃飯，更別說這種社交意味濃厚的飯局了。我和妻子的社交能力都很差，沒什麼人脈；年紀一把，依然是社會化嚴重不足。

雖然缺乏多采的社交活動，但也頗能自得其樂。特別是我以寫作爲業，很長一段時間自己寫書自己出版，然後交給總經銷去賣，不必和太多人有瓜葛，所以似乎也沒有什麼特別需要社會化的地方。

但谷神從事的是動畫，很難獨力完成；而且經常要當導演，爲了讓自己的理念獲得實現，作品受到社會肯定，都需要和很多人溝通、合作，得到多方協助。個人社會化的程度愈高，出人頭地的機會就愈多，過程也會愈輕鬆。

我們因本身社會化不足，沒有什麼能讓谷神學習的地方，又擔心他因此而在工作或社

谷神和他導演的星宇航空飛安影片《星探者》

會上吃虧、活得更辛苦，所以除了勸他做人要隨和一點、廣結善緣，才能得道多助外，也想善用我們僅有的一點關係，爲他建立人脈。

這就好像有些鳥類平常都吃素，但在養育雛鳥時，爲了讓雛鳥得到更多蛋白質、發育得更好，牠們會破戒抓昆蟲來餵養雛鳥。

這可以說是多數生靈共有的天性，但谷神似乎不領情；感覺他跟我們一樣，在這方面也是「吃素」的。

後來，他所執導的星宇航空飛安動畫影片《星探者》推出後，受到注目與好評，看到他出席相關活動時的表現也可圈可點，我們除了感到安慰外，也覺得以前實在是多慮了，在紐約飄盪浮沉過十幾年的他，早已不是我們印象中那個有點閉鎖的羞赧少年，他已經自己有了一套能在這個社會立足的安身立命之道。

但慢慢的，我們發現他對人對事都有一些明顯的好惡，而且經常不會考慮後果地直接表現出來。譬如他回台後，就不時有人或單位請他去演講、座談、上課（客串一兩節）、當評審等，開始時，他還滿有興致地參加，但有一天忽然忿忿地說他再也不要去參加這一類的活動了！

問了才知道，因爲去參加某個座談時，有了讓他覺得不愉快的經驗。「我又不是要靠耍嘴皮吃飯！」他這樣說當然也不無道理。

谷神經常把話說得太直白，得罪人而不自知；更非伶牙俐嘴之輩，跟我一樣要在一群陌生人面前說話就會感覺不自在。我以前也不喜歡演講，能推能免就盡量推盡量免。但後來因爲有些學校全年級的學生都買我的《青春第二課》，邀我去和學生分享個人求學歷程與對生命追尋的看法，再拒絕就顯得太冷漠無情與不識抬舉了，只好在努力準備後硬著頭皮前往。但一回生兩回熟，我後來居然到學校做了一百多場演講，除了增加書的銷售外，也豐富了我的人生經驗。

我把我個人的經驗告訴谷神，提醒他參加這些活動可以讓更多人認識他，不只有助於他的動畫事業，也可讓他的人生變得更多采；如果你拒絕人家兩三次，那以後可能就不會有人再來找你了。人生還很漫長，如果認爲這些活動對自己往後的事業和人生是有幫助的，那就不要再拒絕或逃避，而應該調整和磨練自己，讓自己能有更好的表現。

在創業過程中，谷神當然也想過什麼樣的人、事、場合或活動能有助於他的工作與人生，但他不會處心積慮地去經營，而寧可順其自然。其實，在我們說要介紹他認識那位導演時，谷神沒看過他的電影，上網去找去看就能有所了解，但他就是不想這樣刻意為之，結果可能就因此失去了一個機會。

谷神雖然比我們要社會化許多，但在調整自己的做法和想法以符合社會或他人需求這方面，他顯然還是有所不足。也許這是很多具有藝術家氣質者的通病，但無疑會使他的生涯出現更多艱辛。

還有一點讓我為他感到惋惜與不忍的是：也許他在Psyop與Blue Sky等知名動畫公司待慣了，對作品的要求很高。譬如他晚上經常作一些光怪陸離的夢，因而想以夢為主題，創作一系列動畫短片。夢，剛好是我比較熟悉的領域，我說我可以提供很多我所知道的各種匪夷所思、奇特而又充滿創意的夢例給他做參考；但他似乎沒有什麼興趣，交談之後才知道我們的想法有很大的落差。

一方面是這種「撿現成」的方式會讓他覺得沒有成就感，他寧可自己花時間去摸索、追尋；但更重要的是，透過動畫讓大家認識人在夢世界裡奇特的思考與心理並非他想要呈現的主題，他希望作品能有療癒人心的功能，譬如他構想有一位夢療師能看到他人影像化的夢境，然後進入那人的夢中，改編夢情節，產生不同的結局，藉以療癒當事者的心病……，每集就是一個治療的故事。

這簡直就是迪士尼在製作動畫影集。而谷神只有一個人，動畫是他用以謀生的工作，他想製作這些動畫短片，需向有關單位申請經費：在經費那麼少、時間那麼倉促的客觀條件下，他要怎麼去實現他的夢想？

但與其說他「眼高手低」或「不識時務」，我還是寧願相信他是「社會化不足」：他不想調整自己的理想、觀念和做法，去符合外在環境的條件和需求，不想做階段性的犧牲，先求有再求好。他寧缺勿濫，也難怪有人會說谷神是從紐約回來的朋友中，最後一個還不願意向現實妥協的人！

這眞是一句令人難過的褒語。如今，我只能以「自古英雄如美人，不許人間見白頭」來安慰自己。當然，谷神還稱不上什麼「英雄」，我們也不想他當「英雄」，只期待他能做個有理想、有原則的人，但這竟也成為一個「不被允許」的奢望。

在難過中，忽然想起過去的一件事：

谷神讀小學時喜歡玩遙控四驅車，除了自己一個人在附近公園玩外，有一天他忽然說新竹某個地方（我忘了在哪裡）有很好的四驅車場地。我們於是全家出動，開車到他所說的地點，感覺有點偏僻而且四下無人，但這正合他的意。

我和妻子、女兒就站在一旁，看著他專注地遙控四驅車在高低崎嶇不平的場地裡上下左右馳騁，臉上流露出自信而又自得的表情，我也跟著滿心歡喜而忍不住拍手叫好。

也許，當時的他想像這個世界、還有他未來的人生就跟四驅車一樣，是可以憑他一己的意志和做法控制自如的。而當時的我，恐怕也是這樣相信著，竟滿心歡喜地拍手。

谷神是有點固執，有些堅持；雖然他無法改變這個世界，但畢竟也是個沒有被這個世界改變的人。我又何必為此太過難過？

15

所謂「有捨才有得」，對我來說，
它的意思是：我要捨棄可以捨的，
然後才能得到時間、空間和心力去
做我不應該捨的事。

我們不會放下悲痛與思念，而是要
換個方式，將它們轉化成一股完成
谷神未了心願、以及讓我們過好自
己餘生的動力，重新承擔。

戰國時代，秦昭襄王的宰相范雎說了個故事：

有一位東門吳，兒子死了，他卻毫無悲傷的神色。有人忍不住問他：「你怎麼能這樣呢？兒子在世時，你愛他愛得要命；如今兒子死了，你卻一點也不悲傷，這到底是怎麼一回事？」

東門吳說：「我以前沒有兒子。沒兒子時，我從來不覺得有什麼好傷心的；現在兒子死了，不就是恢復以前沒兒子的情況嗎？何必為此而悲傷呢？」

乍聽好像有些道理，其實是違背人之常情的冷酷說法。雖然，范雎是藉此來表達他失去土地資產後的感受，但與兒子長期互動所積累的感情，怎麼可以拿來和沒有生命的土地資產相比呢？

有人說：「瘋狂有兩種：一是失去理性；一是除了理性外，什麼都失去。」范雎的比喻完全漠視感情，單從理性、邏輯的角度來思考，其實是一種更可怕的瘋狂。在自己親歷痛失愛子的打擊後，我對范雎這種客觀、理性的說法特別反感，覺得他是把問題看得太輕鬆的局外人。

但我也要說：「荒謬有兩種：一是失去感性；一是除了感性外，什麼都失去。」完全抹煞感情，固然荒謬；但如果只在意感情，其他都不予理會，在親歷喪子之痛後，就一直耽溺其中，萬念俱灰，什麼都不想做，什麼都要套進他悲痛的框架裡去衡量，那也是另一種讓人搖頭的任性。

我曾說我是一個「理性的感性主義者」，姑且不談我的生命是否眞的「以感性爲本質，理性只是對它的修飾」，但總覺得對人生諸般問題，都要兼顧感性與理性，兩者要取得能讓自己滿意或心安的比重。

最近，我們常到谷神的租屋處整理他的舊物，打算過些時候再請搬家公司搬到他無緣入住的新居（跟我們同一社區的舊屋）。新居比租屋大許多，也沒有急於處理的打算。情感上來講，我們最好是將谷神所有的遺物都帶到新居，好好保存，留作紀念。

但這是明智（理性）之舉嗎？我們是否應該先好好考慮取捨的問題。

兒子的驟然離世，讓我們極爲悲痛與不捨，這是感性的自然反應。但如果因此而萬念俱灰，一任悲痛在自己心中如波濤起伏，那就好比坐在旋轉木馬上，看似轉個不停，其實只是在原地兜圈子而已，根本無補於事，也無法前進半步。

我必須用理性來調節我的感性。冷靜自問：「我為什麼會感到不捨？」因為兒子還這麼年輕。但，不！不只是年輕，而是因為他還有很多未完成的夢想，很多來不及看到的人生美好。如果我真的對此感到「不捨」，那我不是應該立刻跳下哀傷的旋轉木馬，邁出腳步，然後一步一步地朝替兒子完成他未了心願的方向前進嗎？

仔細思考什麼是可以捨、應該捨的，什麼又是不可以捨、不應該捨的，這是隨感性而來的理性問題。而所謂「有捨才有得」，對我來說，它的意思是：我要捨棄我可以捨的，然後才能得到時間、空間和心力去做我不應該捨的事。

對捨與不捨做了理性思考後，在面對兒子的遺物時，我們也有了較務實的做法：看不出有什麼保存價值或意義的，可以捨棄的就捨棄；而保存下來我們用不著或不會用的，也要捨得讓它們有更理想的歸宿。最後，為了完成兒子夢想這個不捨的心願，能夠捨、應該捨的，都可以捨。

「捨」，多少也有「放下」的意思。關於「放下」，我很喜歡、也在我以前寫的文章裡談過下面這個故事：

一位深陷塵網、渴望獲得解脫大智慧的年輕人，去拜訪山中的某個先知。半路上，遇到左肩背著一個大背包，剛好要下山的先知，他高興地上前問說：「先知啊，請您告訴我要如何獲得解脫的大智慧？」

先知微笑地看著年輕人，卸下左肩上的大背包，放到地上。

年輕人若有所悟說：「哦，我明白了。要得到解脫，就是要放下肩上的包袱。」

先知點點頭又搖搖頭，不發一語拿起地上的大背包，改用左右兩個肩膀背負，繼續朝山下走去。

先知以靜默的方式為年輕人上了一課：眞正的解脫並不是把什麼都放下，無擔一身輕；而是要改用另一種更合適、較輕鬆的方式，重新去承擔不能放下的工作、責任、人與物。

對兒子的離世，我們應該放下的是因爲一再糾結於「如果」、「爲什麼」而產生的自責與懊悔，還有其他無明的煩惱與妄念。它們像塞在我們心中的大石頭，不僅讓我們覺得沉重，而且無法再容納其他東西。只有將它們拋出心外，才能再輕鬆地容納其他更有意義的東西。

對目前還不知道要如何妥善處理的谷神遺物，我們也不必急在一時，而是先將它們打包起來，暫時在新居裡「放著」、在心裡「擱著」；等待適當的時機或因緣出現時，再拿出來、打開來，好好處理。

但我們不會放下我們的悲痛與思念，而是要換個方式，將它們轉化成一股完成谷神未了的心願以及讓我們過好自己餘生的動力，重新承擔。

16

我認為，靈魂指的是一個人還活著時，讓他發揮作用的生命能量、感覺與渴望；而不是死後繼續存在的意識。

靈魂在生前有傑出的表現，讓他在死後能受人懷念、談論，就是「以另一種方式繼續存在」的最明確方式。

谷神離世後，很多人來信或來電安慰我們說：谷神的肉身雖然安息，但他（的靈魂）已前往西方極樂世界，與諸佛爲伴；或進入天堂，就在天父的身邊；或是在這個塵世的任務已了，而轉到另一個世界、在另一個平行宇宙裡，繼續去實現他的動畫夢想……。

對這些慰問，我都敬謹接受，衷心感謝大家眞誠的好意，也希望谷神眞的能如他們所言，在另一個世界逍遙自在。

我們實在很難擺脫人死後會以「另一種方式」繼續存在的想法，更難用非常肯定的口吻斷然否定關於「靈魂」存在的各種說法。

現在，當我說話、寫字時，我也會說希望在「雲端某處」或「另一個世界」的谷神能夠聽到、看到。而那還能聽到、看到的，不就是他的「靈魂」嗎？我也不想否認，但我只想說，我所認爲的「靈魂」，可能跟一般人不太一樣。

很久以前，我寫過一篇關於死亡與靈魂的短文：

深夜，荒郊的一間古寺。一個老和尚在燈下看書，一個小沙彌隨侍在側。

被一種神祕氣氛所包裹的小沙彌，想起生死無常的問題。問說：「師父，人到底有沒有靈魂？」

「你認為有，就有。認為沒有，就沒有。」老和尚繼續看他的書。

過了半晌，小沙彌忍不住又問：「如果人有靈魂，那師父您死後，靈魂會到哪裡去呢？」

老和尚從書裡抬起頭，看看窗外的群花，慈祥地對小沙彌說：「它，沒有到哪裡去的必要。」

文章雖短，但多少代表我個人對靈魂問題的看法：我無法確知人是否有靈魂，我不會排斥關於靈魂的各種說法，但也不會認爲「靈魂的歸處」是我生命中的一個重要問題。

當然，我文章裡說的靈魂，指的是很多人所認爲的「靈魂」，也就是相信在肉體死亡後，人還有一個看不見、摸不著，但卻依然具有個人思想、記憶與情感的「靈體」會繼續存在，甚至還能輪迴轉世，再生爲人。

我不知道是否有這樣的一個「靈體」，我只知道我所認爲的「靈魂」跟一般人的想法不太一樣。因爲我認爲的「靈魂」指的並非人死後還能擁有的思想、記憶、情感，而是在活著時讓人產生思想、記憶、情感的原動力。

簡言之，我認爲的靈魂是：讓眼睛產生視覺、讓手腳能夠活動、讓胃感到飢餓、讓大腦能思考、產生七情六欲……，亦即讓身心發揮各種功能，讓人「活」起來的原動力、能量或者作用。

更進一步說，我們會感覺生命不應該只是吃喝拉睡，而需要有更崇高的內涵；會渴望成爲更好的人、有更好的生活；會產生理想和抱負，並爲之奮發等等，這些感覺和渴望也都是來自這股生命原動力或能量。

所以，在我的觀念裡，靈魂指的是一個人還活著時，他的生命能量、感覺與渴望的綜合體；而不是死後還存在的思想、記憶、情感。

在生命歷程裡，張三之所以成爲張三、之所以會和李四不同，主要來自他們各自的生命能量、感覺和渴望在不同際遇中的發揮程度。而張三和李四之所以會有「獨特的靈魂」，也是來自他們生命歷程中的不同表現。

但在肉體死亡後，這些能量、感覺和渴望所組成的靈魂也都隨之消散，不再有張三或李四的分別；不復存在，當然也就沒有「到哪裡去的必要」。

我以前讀到提出「測不準原理」的海森堡，墓碑上刻著：「他躺在這裡，但也在別處。」覺得眞是寓意深遠，成了「測不準」的最好說明。後來又讀到有人專程到慕尼黑去尋找海森堡的墓，發現他跟父母與妻子葬在一起，墓碑上對他的介紹只有「物理學家」（Physiker）這個單詞，還拍照爲證，表示所言不虛。

海森堡死後去了哪裡呢？不知道。所有的說法也都「測不準」，我們唯一確知的是他生前是個傑出的「物理學家」，這才是他生命的重點，也是他靈魂的精髓：他的生命能量、感覺和渴望在生命歷程中的傑出表現。

中國儒家不談靈魂或死後世界，認爲它們「不可知」，但卻主張人可以藉生前的立德、立功、立言來達到「三不朽」，像歷來的古聖先賢、英雄豪傑，都還活在現代人的心目中，讓大家津津樂道，雖死猶生。

而所謂「立德、立功、立言」，不就是個人的生命能量、感覺和渴望在生命歷程中有傑出的表現嗎？不就是他的靈魂在生前所做的一切，讓他在死後能以另一種方式繼續存在嗎？

非洲的某些土著認爲，在活人與死人之間還有一個特殊的過渡階段——活死人。什麼叫作「活死人」呢？當一個人肉體死亡後，如果還能活在活人的記憶中，讓大家懷念與談論，那麼處於這個階段的他雖死猶生，就稱爲「活死人」。只有當所有記得他、還在談論他的人也都死了，那才是他眞正的死亡，完完全全、徹徹底底地從這個世界消失。

如果一個人生前所建立的功業（立功）、所做的善行義舉（立德）、說過的至理名言（立言），不只讓同代的人懷念、談論，而且還被拍成電影、寫成書，供世世代代的人學習、不斷傳誦，那就非常接近儒家所說的「三不朽」，也是我所知道「人死後，靈魂能繼續存在」最明確的方式。

在谷神離世後，妻子經常喃喃自問：「有誰能告訴我，谷神現在在哪裡？」我了解她心中的傷痛與不捨更甚於我，她身上彷彿破了一個大洞，不只空虛，而且還一直在淌血，需要有什麼能夠填補、帶來撫慰。

但我不想問這個問題，即使問了也無法得到明確的答案。我只是不想讓自己鍾愛的兒子就這樣沒了，而希望能夠讓他以「另一種方式」在這個塵世繼續存在，即使不是太長的時間。

而我所能做的就是告訴大家，谷神在還活著時，用他的生命能量、感覺和渴望做了什麼事。如果有人覺得他做過的事有點意思、有些價值，想要多了解他，而開始談論、懷念起他來，讓他能以「另一種方式」活在更多人的心中，雖死猶生，那也是可以讓我稍感安慰的一件事。

《*Hallucii*》榮獲第 29 屆金穗獎最佳動畫片獎與
2006 台灣國際動畫影展國內競賽評審團特別獎

17

不管是土葬、火葬、水葬、天葬……乃至於現代的靈骨塔、花葬等，都是在反映群體或個人的生命觀、文化理念與物質條件。

每種葬式都被認為是在表達對死者的愛與尊重，也是讓他能就此安息或平安、順利地進入另一個世界的最恰當途徑。

早上九點多，天清氣朗，陽光普照。我們來到陽明山第一公墓的臻善園。去年過世的一位親戚就安息於此。

臻善園是一個花葬園區，在世親人將先人火化後的骨灰撒入葬區的穴位中，再覆上泥土。等葬區滿位後，再全區鋪上草坪。埋藏於下的骨灰則化作春泥，成爲延續大自然生命的一部分。

花葬不立墓碑、不燒香、不以供品祭拜。我們在葬區約略是親戚埋骨處的前方肅立默禱，心中浮現他慣有的開朗笑容。花葬是他生前的遺願，如今回歸大自然懷抱中的他，應該是滿心歡喜吧！

從臻善園的高處回望，只見藍天白雲、青山綠樹，遼闊的視野讓人心胸開朗、精神舒暢。能埋骨於此，且化作春泥，臻於天人合一之善境，天天倘佯於明媚的風光中，感覺就像是一個難得的極樂世界。

下了陽明山，我們經北投、竹圍，來到三芝的北海福座。

北海福座是一個十幾層樓高的寶塔型墓園，每層有櫛比鱗次的靈骨塔位。寶塔設備莊嚴完善，處處可見佛祖菩薩，有親人祭祀區，也有法師定期主持法事等，可以說是傳統喪葬禮儀的精緻化與企業化。

谷神的骨灰罈就安厝於此，緊鄰著他阿公與阿媽的塔位。

我們站在三個塔位前面，心中各自默禱。我在心裡說：「爸爸、媽媽、谷神，你們就在這裡好好歇著，要互相照顧。我們大家都很好，請你們放心。」

走出寶塔，映入眼簾的就是山下的綠野平疇、遠方的淡水市區、淡水河、觀音山和大海，覺得也是一個風光明媚的好所在。谷神能長眠於此，且和生前一直關愛他的阿公阿媽相伴，應該也是一個理想的歸宿吧？

人死後，魂歸何處？也許難以參透。但要如何妥善對待死者的遺骸，則是在世親人表達眷戀與哀思的一門重要功課，各民族在文明化的過程中也都發展出想讓遺骸得到安息的諸多方式。

但不管是土葬、火葬、水葬、天葬、樹葬、掛葬、懸空葬……乃至於現代的靈骨塔、花葬等，其實都是在反映群體或個人的生命觀、文化理念與物質條件，每種葬式都被認爲是在表達對死者的愛與尊重，也是讓他能就此安息或平安、順利地進入另一個世界的最恰當途徑。

我和妻子與大陸友人到西藏旅遊時，曾在雅魯藏布江邊看到一個特殊的水葬台。人死後，遺體被抬到江邊，由水葬師在水葬台上支解後，將它們拋入江中餵魚（類似天葬師支解遺體，由禿鷹來啄食）。

看似相當殘忍，但其實是爲了讓亡靈不再留戀肉身，能即早去投胎轉世，並考慮到高原的物質條件而形成的用心良苦的特殊葬式。

在我讀過的世界各民族葬式中，南美秘魯古印加人的木乃伊和非洲扎伊爾人的樹葬，讓我印象最爲深刻：

古印加人會將重要人物的遺體製作成木乃伊，但不是放在墓穴裡，而是爲它們穿上衣服，維持坐姿，保存在自家乾燥的房屋或岩洞裡（因爲地處沙漠地帶，保存較容易），在世家人對待他們一如生前，定期探視和膜拜。

當家族中遇有重大事情需要討論、集思廣益時，會請出先人木乃伊，就「坐」在家人旁邊聆聽；有時候還會由長輩請示他們，希望能爲家人解惑。我想透過這種方式，在先人的「注目聆聽」下，大家的思慮都會變得較爲慎重吧！

非洲扎伊爾土著的「樹葬」也有別於現在流行的方式：當人死後，親友會挑選一棵大樱杉，剝下樹皮，在樹幹上挖個洞，將遺體放進樹洞裡，然後貼上樹皮，在樹皮寫上死者的名字，當作墓碑。

樱杉樹木質鬆軟，生長很快，樹幹裝了屍體後，因吸收腐屍的營養而長得更快更好。不消幾年，樹洞就會長實，屍體也完全被樹木所吸收。然後，每一個先人都化做一棵棵壯碩而高大的樱杉樹，守護子孫的莊園。它，可以說是另一種形式的天人合一。

當然，這兩種葬式應該都已經消失了。但你能說它們野蠻、落伍嗎？關於各種葬式及由它衍生出來的現象，每個人都可以有他美好或可怕的想像。

我想，現代人已普遍接受在爲亡者舉行告別式後，立刻將遺體火化是對待亡者最可行而妥善的方式。至於骨灰是要安厝在靈骨塔標有姓名的塔位裡，還是以花葬的方式讓它化作春泥，那就各自理解、各自隨緣而安吧。

我父母會以北海福座作爲身後的安息之處，是出於他們的選擇。他們在七十多歲時因特殊的機緣來到北海福座，發現這裡設備完善且景觀很好，日後也方便在台北的子女來探望，就先買了兩個比鄰的塔位。

十多年後，父母相繼過世。在處理他們後事時，我們雖然哀痛忙亂，但卻也多了一點安穩踏實，因爲他們已經爲自己的身後做了安排，不用我們再操心。

谷神的離世，事發突然，讓我們更加哀痛與忙亂。如何讓他安息忽然成爲迫切的要務。我們最先想到的是北海福座，在得知安厝父母靈骨旁邊的塔位還在業務員手裡時，彷彿冥冥中自有天意，覺得再也沒有比這更理想的安排了。

但站在他的塔位前默禱時，看到那熟悉的名字居然變成今天這樣的格式，而且身邊就是高壽的阿公阿媽，一股悲戚之情就不由自主地從內心深處奔湧而出。

我無奈地對妻女露出苦笑，想起北美印地安人的一首死者之歌：

不要站在我的墳邊低泣，

因為我不在那裡，我並未沉睡。
我是吹拂而過的一千陣風，是白雪上閃爍的珠光；
我是灑在成熟稻穗上的陽光，是秋天溫柔的雨水。
不要站在我的墳邊哀嚎，
我不在那裡，我並沒有死。

我沒有低泣，也沒有哀嚎，只是難過。

人還在世時，如果能創造出很多事實，那就不太需要想像；但在死後，看得見的事實變得很少，那只能用較多的想像來彌補。不過，「我不在這裡，我並沒有死」，還是需要很大的想像。

但，忽然又覺得，它比一般所說的「靈魂」或儒家「三不朽」的想像，其實也不過是多了那麼一些些而已。

18

那天谷神和我們在羅東林場拍了很多照片，每張照片都因時間的停格，成為一個個獨立而又完整的美麗畫面。

我不再擔心睹物生悲；因為每張照片都讓我想起他與我們共度的每一個剎那，每一個剎那都化為永恆的美好。

二〇二一年七月十六日，雖然還在疫情警戒期間，但我們一家四口，仍然到已經開放的羅東林場暢遊。

我和妻子來過幾次，感覺不錯，所以帶飛仙和谷神來散散心。雖然已是夏天，但有林蔭和清風，並不熱。遊客也比平日少很多，正合我們意。

我們先繞著大貯木池走一圈。在步道上，發現右側的小貯木池邊有很多禽鳥，先是幾隻鴨子，然後看到更多白鷺鷥，在池上的林間築巢育雛。這是我第一次看到這種景象，除感新奇，更對自然界的生生不息、生機盎然，發出無言的讚歎。

繞過大貯水池，有幾間日式建築改裝的小舖，但大都沒有營業。走在無人的長廊上，感受到某種因滄桑而來的特殊靜美。然後，我到景區外邊的「林場肉羹」買午餐。四個人就坐在竹林車站旁、林蔭下的野餐桌享用口味獨特的宜蘭肉羹。

餐後，我們又在徐來的清風中，邊吃冰淇淋邊開懷笑談人間事，度過一個悠閒而愉快的下午。

那天，我拍了不少照片。今天，我靜靜地看著手機裡的照片，從手機捕捉到的每一個剎那，都因時間的停格，而成爲一幅幅永恆的畫面。

每一個畫面，呈現的都是我們一家四口共同經歷的美好時光，都是一個個獨立而又完整的存在。

近年來，我已慢慢學習用這樣的心態來看人生，看每天所經歷的日常。

我來過羅東林場多次。第一次是很多年前，和妻子想來羅東走走，上網搜尋才知道有這個地方。十二年前，我帶母親、失智的父親和越傭來此散心；七年前，又帶著從美國回來的妹妹、中風的母親和菲傭來此遊憩。都坐在同一個地方，吃林場肉羹與冰淇淋。

幾年前來羅東演講，又獨自來到林場，看著空空如也的野餐桌，想起過去與父母在此的種種，人去桌空，不禁悲從中來。

但去年七月的那一天，和妻子、飛仙與谷神在野餐桌上閒聊時，我既沒有談起也沒有想到以前在這裡有過的經驗，而只專注於那個當下，覺得那眞是一個獨立、純粹而完整的存在。

今天，當我看著那天在林場所拍的照片時，每張都像鑲著金框、會閃閃發光的美麗圖

在羅東林業文化園區的剎那

畫。我全神貫注在畫面中的風景，風景中的我們，忘掉過去、忘掉未來、忘掉時間，當天被留住的每一剎那，都成了美好的永恆。

如果我想到過去，想到過去陪失智的父親、然後是中風的母親來到這裡的種種；特別是想到「已經發生的未來」——不到一年後，在照片中歡笑的谷神就會因心肌梗塞而驟然離世，那在這段期間已經慢慢沉澱下去的悲痛不捨，就又會全部翻騰上來，讓我再度傷心落淚，甚至更傷心。

愛因斯坦曾意味深長地說：「時間的存在是爲了避免所有事情立刻同時發生。」他甚至在寫給一位物理同行遺孀的慰問信裡說：「對我們這些物理學家來說，過去、現在和未來的差別只不過是一個頑固的幻覺。」

關於物理學界最前沿的時間觀念，不是我能理解；但我覺得調整一下自己對時間的看法，對如何觀照人生應該會有些助益。

時間，並非客觀的具體存在，而是人類「發明」的一個概念，用來描述我們對事件先後順序、線性關係的共通感覺。

我們喜歡說時間在「流動」、在「消逝」、「一去永不回」。但其實，在流動、消逝、一去永不回的是事物和我們，並不是時間；因爲並沒有時間這種「東西」，它只是一個概念。

我們看到一根木柴在燃燒，一段時間後燒成灰燼。在時間之流裡，因爲木柴在先，灰燼在後，所以感覺是木柴消失了，變成灰燼。雖然灰燼再也無法恢復成原來的木柴，但習以爲常的認知卻讓我們以爲後來的灰燼就是以前的木柴，原本好端端的木柴變成了一堆灰燼，而讓人感到悵然。

要避免或減輕這種悵然，就要掙脫愛因斯坦所說的「過去、現在和未來的差別只不過是一個頑固的幻覺」，我們應該「抽刀斷流」，讓每個剎那都成爲獨立的存在，都是無盡的現在。

看到木柴，不必想到它終將成爲灰燼；看到灰燼，也不必去想它過去是木柴。木柴就是木柴，灰燼就是灰燼，它們都是各自獨立而完整的存在。

打破過去、現在與未來在時間之流裡的線性關係，即使只留存在個人的心中、記憶裡，過去的並沒有眞的過去；特別是在有影音記錄加以保存後，它們都並未眞的消失，反而成了一種永恆的存在。

這也是最近幾年勉勵自己要努力去做到的一點，也是我對「活在當下」的一個新的理解：全神貫注、渾然忘時地去體會當下的人事與感受，不要有過去或未來的任何牽絆。

特別是對谷神驟然離世這件事，它在剎那發生，雖然讓我悲痛，但也是一個獨立的存在，即使在我心中成為永恆，但我也不應該讓它老是纏繞在過去或未來任何當下所發生的經驗上頭，而讓它們蒙上灰色的陰影。

雖然很難，但努力去做，就會慢慢帶來改變。

今天，我看著去年夏天之彼日，我們在羅東林場留下來的每個剎那，不做他想，它們就都成了獨立而完整的、永恆的美好。

也因此，在我整理、審視過去跟谷神有關的一切時，不再擔心「睹物生悲」；反而期待能發現更多的照片、文字、物件，讓我想起他與我們共度的每一個剎那，每一個剎那都化為永恆的美好。

更感謝他帶給我們永難忘懷、歷久彌新的歡樂。

19

為什麼一定非要活到八、九十歲，把每一天都用各種活動填得滿滿的，才稱得上是圓滿、美好、幸福的人生？

在面對谷神殘缺的生命、還有他那些殘缺的作品時，我看到了其中的留白之美、侘寂之美與物哀之美。

二〇二一年，飛仙兩次自美返台。谷神也都回到家裡，先後住了一個多月。一家四口再度重聚，跟過去一樣聯袂出遊、用餐、閒聊。

有一天，谷神在整理他的房間後，拿出一本十六開、八頁的《小豬的糖果之夢》繪本給我們看。那應該是他小學四、五年級時的作業。

繪本說的是一隻小豬夢見飛過棉花糖雲層，來到一個由巧克力糖漿合成的星球，國王帶去參觀各種糖果屋，然後搭乘由特殊糖果製成的太空船回家。小豬忍不住吃起太空船來，最後吃到太空船肚子時，油箱忽然爆炸……。

風趣的文字配上精采的插圖，讓他得到九十五分的成績。

繪本的封面設計太熟悉了，不正是野鵝出版社周邊文叢的風格嗎？也許在下意識裡，當時的谷神已認爲自己是野鵝出版社的作家了。

谷神跟飛仙一樣，因爲在作家與出版社的家庭環境中成長，從小就對書與書寫有著比別人更多的接觸和薰陶。

雖然在高中及大學時代，谷神很少再寫作。但在二〇〇四年前往紐約後，才又開始在部落格寫一些生活隨筆、人生感觸等。當時我看了幾篇，覺得他寫得不錯，有一種非常獨特的風格。

但近日從他電腦備份出來的隨身碟文字檔裡，卻遍尋不著他當年在部落格（記得好像是無名小站）的那些隨筆，只找到後來貼在他臉書裡的文章，還有一些散篇，甚至只寫一半或起個頭的。

我個人覺得谷神的文章其實寫得不錯。譬如他貼在臉書上的這篇（無題）：

我作了一個整夜失眠的夢

02：51 雨累了，哭聲漸漸平息

04：33 鄰居的碗盤開始細聲交談

05：25 包子店的蒸爐轟轟作響，包子饅頭們正在羽化

05：27 路燈睡了，蝙蝠還是追不到蚊子

05：31 河邊的路聽雨一夜訴苦，有點疲憊

05：32 喜鵲跳躍著帶領我，他翅膀上的藍沒有一絲猶豫
05：35 夜鷺俯衝時身體急扭120度，以為他就要側翻成功
05：42 28隻非法集會的八哥，看到我，一轟而散
06：02 無齒螳臂蟹喝多了，發生車禍
07：14 我嘗試著醒來

文後還配上一張無齒螳臂蟹的左螯被輾碎的照片。

當天我看了，覺得很有特色，就轉貼到我的臉書，還說：「看了兒子的臉書，我想我可以再歇一會兒……」

谷神的文字相當內斂，也因內斂而讓人感覺到某種深刻；而且還具有時而清晰、時而迷濛的視覺性（應該跟他的動畫專長相關）；其中更有著不易察覺的淡淡的愁緒（今日讀來，特別有此感受）。

雖然他寫得還不多，但已自有一種獨特的風格；而且，從未投過稿。對他來說，寫作

主要是一種自我表達、自我娛樂，因而保有相當的純粹性。

有一次，我看到他臉書上的一篇文章，同樣是在談他作的一個夢。我覺得不錯，要妻子也上網看看，但妻子卻遍尋不著。問了谷神，谷神說：「感覺寫得不好，無聊，就把它刪掉了。」

谷神最愛也最投入的是動畫，其次是攝影，寫作只是他的「小三」。但我想，他對寫作還是相當認眞而嚴肅的，跟在臉書和Line上與朋友的閒聊胡扯截然不同。

因爲他也喜歡攝影，也經常在臉書用攝影作品搭配簡短的文字，在防疫期間，他的動畫工作不多，我們建議他可以利用時間嘗試圖文集的創作。

我看了從他電腦備份出來的隨身碟，才知道他的確也已開始在計畫，第一本圖文書要交代他的心路歷程，分「成長，茁壯，徬徨，回歸」四大篇，圖加文共一百八十篇。可惜的是，只看到計畫，沒有進一步的發展。

不只攝影作品和文字，隨身碟裡還有他的一些動畫短片構想、NFT備料、數萬多張照片……但，那也都尚未完成。

谷神的人物速寫（上）與角色構想草圖（下）

如果谷神在面臨生死關頭時能跨過那個坎，能再活個三四十年、甚至一二十年，那他一定能完成更多、更完美的動畫、攝影和文字作品，展現他更成熟、更豐繁的思想與情感。但如今卻只留下一些殘缺和很多空白。這當然是一種遺憾，也讓人感到惋惜。

不過我有時候又想，事已至此，再多的遺憾與惋惜又有何用？雖然只留下殘缺和空白，但殘缺和空白又有什麼不好？像中國傳統的山水畫，在那些山、雲、樹、茅舍、小舟與人之間，不是留有很多空白嗎？而正因爲這些留白，不是能營造出一種特殊的空靈，反而能讓人覺得更幽雅、更美嗎？

爲什麼一定要像西洋的油畫，不只要將整個畫面都畫得滿滿的，有些地方還被塗上好幾層的顏料。這樣就能讓人覺得更美、更滿意嗎？

而人生，不也正是如此嗎？爲什麼一定非要活到八、九十歲，把每一天、甚至每個小時都用各種活動填得滿滿的，才稱得上是圓滿、美好、幸福的人生呢？

當然，我也必須承認，谷神的生命還有他作品的空白部分，並不是來自他有意識的留白，而是因爲命途多舛所造成的殘缺。

我曾經想過：是否由自己或請人將谷神殘缺的文字與動畫（構想）補全，讓它們能以較完整、美好的面貌呈現於世人眼前？但很快就打消這個念頭，不只認爲那可能會扭曲谷神的原意，更因爲我想到了日本的侘寂美學。

一個精緻、完美無瑕的茶碗跟一個粗糙、殘缺不全的茶碗擺在一起時，一般人都會喜歡那個完美無瑕的茶碗，也懂得欣賞它的美；但有些人卻反而會鍾情於那個殘缺不全的茶碗，欣賞它所獨具的另一種美。這就是侘寂美學。

侘寂美學比留白美學更進一步，它不僅接納殘缺、破碎、粗糙、枯萎、傷疤、貧瘠等讓人感到遺憾、惋惜的事物，而且從中看出它們的美、欣賞那種美、進而追求那種美。

侘寂美學也讓我想起物哀美學：「最是人間留不住，朱顏辭鏡花辭樹」，看到櫻花掉落、美人遲暮，總讓人感到哀傷，但如能從中感受到另一種美，那就像亞里斯多德所說的「悲劇的喜感」，會讓心靈得到淨化與撫慰。

因爲這些思考，而使我在面對谷神殘缺的生命、還有他那些殘缺的作品時，我看到了其中的留白之美、侘寂之美與物哀之美，它們讓我感受到一種深沉的寧靜，不是出於無奈，而是來自領悟：或者，無奈後的領悟。

20

在耶穌之後，「背起十字架」成了承擔苦難，將它轉化成救贖與恩典的象徵，也是戰勝苦難最好的方式。

將自己的感受與思索所得奉獻出來，與大家共享，也許這就是我對兒子的死亡與自己的苦難所能賦予的特殊意義。

幾年前到耶路撒冷旅遊時，導遊帶我們去走耶穌受難前所走過的「苦路」（Via Crucis）。

從耶穌被判死刑的地方出發，經過耶穌背起沉重的十字架、第一次跌倒、與聖母在苦街相遇、到聖容永留帕上、再次跌倒、回頭驚醒婦女、兵丁分取耶穌的衣服、耶穌被釘在十字架上、耶穌死在十字架上……等共十四處。

雖然我們不是基督徒，而且行色匆匆，但沿途摹想當年被鞭打的耶穌，背著十字架走在這條路上的情景，旅人的輕快心情逐漸變得沉重，臉上的神色也愈來愈顯莊嚴肅穆。

人活在世上，爲什麼要經歷各種苦難呢？照《舊約聖經》所說，那是因爲人類的始祖亞當和夏娃犯了罪，被逐出伊甸園後才有的際遇。

我更喜歡的是《新約聖經》的說法：道成肉身的耶穌，原本無需像凡人一樣受苦難與死亡的折磨，但他卻自願與你我一樣受苦受死，目的是爲了替世人贖罪，爲世人的罪過而親嘗苦果。

不過，世人顯然並沒有因此而免除各種苦難。事實上，我個人認爲，苦難原本就是人生無可避免的一部分。是否來自什麼超自然的旨意，非我所能理解，我關心的是：當苦難來臨時，我們要如何面對它？

我覺得，耶穌在受苦罹難之前，對門徒所說的：「若有人要跟從我，就當捨己，背起他的十字架來跟從我。」（馬太福音16：24）「在世上，你們有苦難；但你們可以放心，我已經勝了世界。」（約翰福音16：33）這兩段話給我不少啓迪。

在耶穌之前，十字架只是一個讓人受苦受難受死的刑具；但在耶穌之後，「背起十字架」則成了承擔苦難，將它轉化成救贖與恩典的象徵，也是「戰勝苦難世界」最好的方式。

谷神盛年驟然離世，在親歷這苦難的瞬間，他有何感觸？我無從得知，也不忍去想。但對我們來說，那眞是比以前有過的苦難都更加痛徹心肺。

要如何面對這椎心的苦難？我最先想到的是莊子所說的「知其不可奈何而安之若命」：人世間很多事情都是無可奈何、人力不能掌控的，只能把它當作是命運的安排，坦然接受。

在認命、接受之後，雖然能減少負面情緒的肆虐，讓心靈稍微平靜下來，但總覺得這樣有點消極，似乎還缺少什麼。

關於苦難，佛教有苦、集、滅、道「四聖諦」的說法。

「苦諦」告訴我：人在生活中會遭遇各種苦難是必然的事實。「集諦」曉諭我：我會覺得苦是因爲我對人、事物、自己還具有貪、嗔、癡的難捨執念。「滅諦」教導我：想要消除苦難就要了解人世間的一切都是緣起緣滅，無常亦無我，我執是無明，苦亦是無明。「道諦」則是提供止息各種苦，得到解脫，通往涅槃之路的修行方法（八正道）。「集諦」與「滅諦」的確可以緩解我因谷神驟然離世所產生的悲痛，但我眞正需要的並非得到解脫，更不想讓我所受的苦難被空洞化，成爲夢幻泡影。

我是一個注重意義的人，對很多事情都會先思考「它對我有什麼意義？」這也是我爲什麼會喜歡耶穌所說把苦難視爲自己必須背負的十字架的原因，因爲它可以提供我某種意義感。

在思考我所受的苦難對我有何意義時，我很自然地想到提出「意義治療法」的弗蘭克（Viktor E. Frankl）醫師。

弗蘭克是猶太人，二戰期間，他的父親、母親和妻子都死於納粹集中營，醫師的身分

（被認爲有用）使他倖免於難。在集中營三年，他一直思索他們爲什麼要受這些苦難？又爲什麼有人會忍受不了而情緒崩潰、甚至自殺？

弗蘭克認爲這跟個人的人生信念與價值觀有關，就像尼采所說：「一個人若知道自己爲何而活，那他就可以忍受任何生活。」苦難當頭，正是考驗一個人信念與價值觀的絕佳時刻。

當苦難忽然降臨時，我一時之間悲痛莫名，覺得一切都失去了意義，整個人近乎崩潰。但沒多久，內心就出現另一種聲音：「你這麼容易就被打趴嗎？」

我在前面提到和陳文茜談生死與苦難，以及如何對抗苦難、戰勝苦難、進而超越苦難時，舉了尼采的一些觀點，這裡不想再重複。但我想，除了勇敢接受苦難的考驗，化悲痛爲力量外，也許還必須賦予個人苦難以特別的意義。

弗蘭克認爲納粹集中營是邪惡的，他絕不能屈服於邪惡，也不能在邪惡的折磨下平白失去生命。他相信自己終有重獲自由的一天，而他受此苦難的意義就在於重獲自由後，能到世界各地演講，向世人揭露納粹的邪惡，並和大家分享他的「集中營心理學」和「意義治療學」。

他憑藉這個受苦的意義獲得內心的自由與力量，勇敢活下去；而在獲釋後，他也眞的照原先的設想，去履踐他受苦的意義。

弗蘭克還說了一個故事：某位救人無數的醫師，在愛妻罹病喪生後痛不欲生，覺得人生已不再有任何意義，而來求教於弗蘭克。

弗蘭克問他：「如果是你先你妻子而死，那情形會如何？」對方回答：「那她一定比我更加痛苦。她怎麼受得了這種苦呢？」

弗蘭克於是說：「你看！如今她並未受這種苦，而使她免於這種痛苦的正是你！所以你必須承擔起來，爲她好好活下去。」

弗蘭克一句話，讓醫師賦予他所受的苦難以特別的意義，而讓他能更堅強地活下去，同時也改變了他對生死的看法。那我又能對兒子的死亡與自己遭受的苦難賦予什麼意義呢？

我在遭此苦難、披露苦難後，得到很多認識與不認識者的關懷，讓我銘感在心，也使我超越了自我，而覺得應該將自己的感受與思考所得奉獻出來，與大家共享。也許，這就是我對兒子的死亡與自己遭受的苦難所能賦予的特殊意義，也是苦難給我的恩典。

最後，想到法國畫家雷諾瓦。他晚年為關節炎所苦，兩手關節都已損壞變形，據說他把畫筆綁在手上繼續作畫。有朋友問他：「既然如此艱苦，何不放棄？」雷諾瓦回答：「痛苦會過去，美會留下來。」

但願兒子驟然離世所帶給我的痛苦終將過去，而兒子與我們有過的美好回憶會留下來；大家給我們的美意也都會留下來。

21

如果我想把谷神帶在心上，一起去欣賞他來不及看到的人生美景，那我就必須學習改用他的眼睛去發現、去觀賞他感興趣的景物。

這樣才是讓他繼續品嘗人生的美好滋味，而我也可以因此欣賞到以前被我忽略的人生景致，增加或改變我的人生閱歷。

早上七點剛過，我們在日月潭向山遊客中心停好車，走下步道，到潭邊的野餐桌坐下來，打開在魚池街上買的早餐。

這是我們第二次到日月潭吃早餐。去年四月初，要到台中時，邀谷神與我們同行，說「可以一起到日月潭吃早餐啊！」他說他接下來一兩天都已經有約，「下次吧！」結果就這樣天人永隔，再也沒有下一次。

這次到台中後隔天，妻子和我一早都五點就起床。我說：「我們到日月潭吃早餐吧！就帶谷神一起去。」於是盥洗完畢，立刻上路。在魚池街上的早餐店，除了兩個豬肉餡餅、蛋餅外，我又多買了一個韭菜盒子，算是谷神的分。

上次是在水社碼頭和朝霧碼頭間的步道邊用餐，後來發現向山遊客中心附近更理想，所以這次換到這邊來。餐桌就在潭邊，左右兩側都是成排的落羽松。現在是一片青翠，秋後轉紅，應該會更好看。

妻子和我在潭邊坐下來，在沁涼的空氣中默默吃起早餐。雖然跟上次同樣是兩個人的早餐，但剛開始，心中卻多了一點淡淡的哀愁、還有遺憾，因爲我們還是無法忘卻兒子已經不在了的事實。

不是說好今天「要帶他同來」嗎？

其實，谷神和飛仙從小跟我們來過日月潭好幾次。向山遊客中心是新的景點，他們應該都沒有來過。這次把谷神帶在心上同來，就是希望他能在我們的陪伴下，看到眼前這一片他來不及欣賞的美景。

孔子說「祭神如神在」，我們是「思神如神在」。希望對谷神的思念，能讓他在這一刻又回到身邊，與我們一起觀賞、品嘗周遭的一切。當谷神把他沒有用完的生命又歸還給我們，在我們身上得到延續時，不就是這樣的一種「存在」狀態嗎？

心中的他透過我們的眼耳鼻舌，看見、聽到、聞嗅、品嘗周遭的一切，他應該也會對這一切發出讚歎吧？我也應該對此感到欣慰吧？當然，這只是我的想像。但人生不就是有很多想像的成分嗎？想像心中的谷神對周遭的一切露出那慣有的笑容，我也有了眞實的欣慰感覺。

剛開始的悲憾，逐漸與遲來的欣慰交融，然後被欣慰所取代。也許，它是我今後要主動尋求、然後慢慢習慣的一種人生況味吧？

在吃完早餐，稍事休息時，想起以前看過的一部日本電影：一對母女到一個溫泉勝地，在一家旅館下榻。泡完溫泉，旅館服務生送來晚餐後，母親從皮箱裡拿出一幅加框的照片，那是她先生的遺照。她將遺照擺在桌上，然後對著照片中笑容可掬的中年男子說：「多桑啊，我們今天帶你來╳╳溫泉，風景很漂亮啊！希望你喜歡，我和女兒先泡過溫泉了，現在就一起吃飯吧！」

當時我還年輕，看到這樣的情節，雖然覺得有點荒唐，但還是能感受其中無奈的悲願。當摯愛的親人離世後，不管年紀多大，有誰不希望他能再多活些時候，去完成他未了的心願、繼續品嘗人生的美好滋味呢？

想不到自己今天竟也成了這樣的一個父親。即使不必帶大相框，至少，我可以隨身攜帶一張谷神的小照片吧？

以前口袋裡放行駕照的夾子裡，總是多放一張谷神駕照的影本，因爲怕他開這部車時忘了帶駕照。現在，駕照影本是不必了，但回去後應該選一張谷神的照片，放在我行駕照的夾子裡，隨身攜帶。

忽然覺得，這才是我把谷神帶在心上的一個理想方式。所謂「帶在心上，放在心裡」，還是要有一些具體的方式，才能讓人覺得踏實。

如果谷神還在，他應該是帶著女朋友或妻子一起出遊，他已經有了屬於他自己的人生，我們絕不會不識趣地介入他應該享有的私生活。但現在，除了我們外，還有誰會把他帶在心上，一起到處走走呢？

其實，谷神和我的品味不太一樣。即使把他帶在心上，我也不會每到一個自覺不錯的地方，就拿出谷神的照片，讓他也這邊瞧瞧那邊看看。只是在心裡想到他，默默問一句：「怎麼樣？這裡還不錯吧？」

「我們再走一下吧！」妻子收拾好早餐剩下的垃圾，丟到垃圾桶。我們沿著步道（自行車道）往水社碼頭的方向走。聽說這是一條世界級的優美步道，沿途遇到的遊客漸多，應該都是前晚在此過夜的旅人。

我們在永結橋邊的長椅上坐下來，歇個腿。看著步道上來來往往的男女，大家都充滿了朝氣，覺得自己的心情也輕鬆許多。我又何必一直要把谷神帶在心上、放在心裡？

我有我的當下，他也有他的去處，何必糾結不放？

是啊！彷彿得到某種啓示或者解脫，我起身，手握從小七買的熱美式咖啡，對著前方樹影與潭水間的向山遊客中心啜飲。想起我和妻子第一次來到向山遊客中心，那已是黃昏時刻，我們就坐在餐廳外的椅子上，悠閒地對著潭水喝咖啡，一直到天色暗了下來，才離開日月潭，到國三的清水休息站吃王塔米糕。那是多麼美好的兩人經驗啊！

站在欄邊的妻子忽然說：「你看！這是什麼蟲？」我看著在木欄邊爬行的一隻昆蟲，只知道牠不是瓢蟲或椿象。

「如果谷神在的話，他一定知道。」妻子若有所思地說。

是呀！谷神不只是昆蟲專家，當他和我們一起走在路上時，總是會留意樹上、花草上頭或地上有什麼昆蟲，然後拍照或指給我們看。

於是，剛剛盤旋在我腦海中的問題忽然又回到心頭：

如果我眞的想把谷神帶在心上，一起去欣賞他來不及看到的人生美景，那我就不能讓他用我的眼睛去看，而是我必須學習改用他的眼睛去看，去發現、去觀賞他感興趣的景物。

這樣才是讓他繼續品嘗他來不及品嘗的人生美好滋味。當然，這也許只是生者一廂情願的想法，但我卻可以因此而注意、欣賞到以前被我忽略的人生景致，增加或改變我的人生閱歷。

反之，同樣一廂情願的是：他也可以透過我的眼睛去認識他以前不感興趣的另些東西。這樣才能夠開拓彼此的人生視野，最少是開拓我的人生視野，也才能使他的生命在我身上得到延續擁有更豐富的意義。

因爲有了這種領悟，谷神又回到我的心上，但我的心中卻滿溢著歡喜，並開始期待下一次的同遊（不過我得先好好充實一下自己的自然知識）。

22

將自己的身體視為神聖，好好善待它，讓它不僅健康、硬朗，而且莊嚴、乾淨、清爽得像你生命的神殿、靈魂的賓館。

然後在它的協力和幫助下，完成你人生的各種夢想，並藉它們來榮耀父母或者上帝，正是東西方聖哲共通的想法。

在金馬59頒獎典禮的〈In Memoriam〉追逝影人單元裡，谷神出現幾秒鐘，成爲被緬懷的永遠電影人之一。

隨後，谷神好友劉耕名（Bito創意公司負責人，也是金馬59的視覺統籌）在「谷神追思」社團網頁上貼了一篇文章：

谷神，我很想你，你在那好嗎？

今年逝世影人的設計，對我來說有特別的意義。我在金馬的舞台，跟我的好朋友王谷神再次的重逢、告別。

我們在做這段節目時候，每周都有離開的電影工作者，影片的秒數一直在延長。……我們能做的，是多熬幾天夜，但對於被留下來的親友，這個時刻是永恆的。

就像今年金馬獎「年度臺灣傑出電影工作者」陳銘澤的妻子在台上說到：「謝謝銘澤，雖然他這一生很短暫，可是很精采。」

谷神的一生，也是精采無比，謝謝你帶給動畫產業的美好。人活著比什麼都重要，希望所有創作者，在奉獻的同時，也好好照顧好自己。

Keep healthy，也繼續創造精采。

其實，谷神告別式上的追思影片，也是Bito團隊在百忙中抽空製作的。耕名跟谷神同樣畢業於台大，但都換跑道到紐約的SVA改學視覺藝術，較早回台創業的耕名一直給谷神很多協助，我們非常感謝他爲谷神所做的一切。

「人活著比什麼都重要」，耕名說得一點也沒錯。只有活著、保持身體健康才能繼續創造精采的作品，也才能讓精采的人生更加精采。

注意身體健康，已成爲婦孺皆知的老生常談。但似乎只有在自己身體機能嚴重衰敗、或者看到有人因病厄而驟然離世後，才能驚覺它不是說著玩的。

谷神也不是不注意身體健康，他兩年前才主動到台大醫院做全身健康檢查，整體狀況都還算良好。只是他一個人獨居在外，飲食和生活作息都不太正常，因工作而熬夜後，睡眠習慣被打亂，又喜歡藉喝酒來提神或解悶，總之，就是有點在揮霍自己已經不太年輕的身體。

谷神與好友劉耕名（Bito創意公司創辦人）

有時候看他有點疲憊的樣子而關心一下，他總是笑笑說：「躺一下就好了！」想起自己年輕時候、甚至結婚多年後，生活作息也很不正常，老是藉抽菸來提神或解悶，累了也的確是「躺一下就好」。但不同的是，我跟父母妻小同住，他們會隨時關照我，也讓我知所節制。

我並不認爲注意身體健康就要早睡早起、天天運動、飲食均衡、不菸不酒、生活規律……，老實說，這樣的生活很無趣。我覺得隨興之所至讓生活脫軌一下並無大礙，甚至是必要的；在年輕時候，頻率也許還可以多一些，但終究是要知所節制，要能「撐過」它所製造的混亂，讓身體再逐漸恢復均衡狀態是必要的前提。

谷神的生活是有點混亂，他也許認爲混亂只是暫時的，他可以撐得過去；而我們也如此相信或期待。但結果，他還是沒有撐過去……。

昨天早上，看著谷神在一張照片裡依然保有幾許天真的笑臉，讓我再度感到遺憾與惋惜。遺憾與惋惜的不只是他的英年早逝，更因爲我本有一些話想對他說，但卻來不及說，如今，只能在這裡和大家分享：

身體是生命的載具、靈魂的居所，不管是要實現高超的理想或滿足世俗的欲望，都需要有能充分發揮功能的身體。

但就像蘇東坡所說：「長恨此身非我有，何時忘卻營營？」我們常爲了理想或欲望而「身不由己」，如果過度揮霍或折磨身體，讓健康受損，那往往會得不償失。但如果過度重視身體健康，唯恐動輒得咎而裹足不前，顯然也不是想要開創精采人生該有的做法。天主教裡的聖方濟各，基於虔誠的宗教信念而過著嚴厲苦修的生活，結果也在四十四歲時，就因身體撐不住而去世。臨終前，他請求飽受他苛待的「身體——這頭可憐的驢子」能夠原諒他。

如果方濟各能更善待自己的身體，那麼他的人生與留給世人的禮物一定會更加豐富與珍貴。但要如何「善待」自己的身體呢？我不想在這裡介紹醫學保健知識，而只想提出幾個觀念問題：

首先，我覺得不要把身體視爲只是爲我們服務、供我們使喚的驢馬牲口，或者滿足我們各種需求、欲望的道具，而應該把它（其實是它們）當作是自己最貼心的朋友，甚至將你的心、肺、肝、胃、手、腳、臉、腦、皮膚、性器等等，視爲跟你的思想、情感、記憶、理想、欲望一樣，都是在一個名爲「我」的家庭裡，同樣重要的家人。

身體的每一部分、每一個器官，都跟你的自我無異，與其他衆生一樣，也都各有各的想法，各有各的喜怒哀樂。當你酒喝得太多時，你有想過你的肝、你的胃有什麼感受嗎？菸抽得太凶時，你不停咳嗽，不要以爲那只是單純的咳嗽，而是你的肺正在出聲抗議、痛苦哀號。

我們應該像對待家人般，學習去傾聽各個器官的心聲，了解它們的看法。當你的胃在出血、解黑大便時，那是它長期受到你的摧殘而破了個洞，正在用血淚向你訴苦。如果你能像愛護家人般疼惜你的胃，那你就應該趕快帶它去看醫師，並節制你的飲食。

我們要對自己的身體慈悲，不要讓它們負荷過多。走累了，就要讓兩腳得到適當的休息；工作時間太長，也一定要讓身體享受一夜的安眠。

我們也要對自己的身體感恩，經常給它們必要的呵護。天氣太熱時，記得戴頂帽子，給頭部遮陽；天氣太冷時，記得穿雙襪子，爲雙腳保暖。

孔子說：「身體髮膚，受之父母，不敢毀傷，孝之始也。立身行道，揚名於後世，以顯父母，孝之終也。」基督教也說：「豈不知你們的身子就是聖靈的殿嗎？這聖靈是從神而來，住在你們裡頭的；並且你們不是自己的人；因爲你們是重價買來的。所以要在你們的身子上榮耀神。」（哥林多前書6）

將自己的身體視爲神聖，好好善待它，讓它不僅健康、硬朗，而且莊嚴、乾淨、清爽得像你生命的神殿、靈魂的賓館，而非發出惡臭的監獄；然後在它的協力和幫助下，完成你人生的各種夢想，並藉它們來榮耀父母或者上帝，正是東西方聖哲共通的想法，也是我們能讓身體發揮的最大作用。

谷神已經來不及聽到我這些話了，我其實也只能說給自己、家人、其他還活著的人聽。

23

瑞典有句諺語：「你無法阻止悲傷之鳥從你頭上飛過，但你可以不讓牠在你的髮間築巢。」不管多麼悲傷，都應適可而止。

從事各種活動，重新去感受生命的活力是洗滌悲傷最有效的方法，因為悲傷是靈魂的銹斑，只有行動才能清拭它。

帶從美國回來的二妹和妹婿到三芝的北海福座。他們每次返台，都會來此探望，因爲我們父母的靈骨就安厝於此。只是這次，在父母靈骨的旁邊，又多了谷神的塔位。

二妹婚後有很長一段時間，都和我們比鄰而居。她看著谷神長大，姑侄兩人感情很好；谷神出國留學時，也是由她和妹婿安排到紐約入學的。

如今，原本談笑風生的谷神竟已成了眼前的一個靈位。我注意到二妹眼角泛著淚光，一股熟悉的悲痛之情又自我的內心深處升起，但我感覺，它已不像幾個月前那樣濃烈。也許是這幾月來，我已來過這裡多次，一再重溫谷神帶給我的悲痛，使得原本撕心扯肺、讓我痛不欲生的悲痛，因爲熟悉與習慣而慢慢地減輕、淡化了。

谷神塔位的旁邊就是我父親與母親的塔位。母親過世已六年，父親也已經十年，他倆雖然都屬高壽，但在離開時還是讓我感到悲痛與不捨。如今，我對他們的哀傷也已似一縷輕煙。

我需要爲這種悲傷的減輕而感到欣慰，或者難過嗎？

想起以前讀過的一種奇特喪禮：在馬達加斯加的塔那塔村莊，當一個臨終者斷氣時，在場的每位親友立刻放聲大哭，激烈程度如火山爆發。但在如此痛哭約二十分鐘後，在某人的一個特殊手勢下，所有人又立刻止住哭聲，全場一片靜寂。

這些馬達加斯加人的悲傷並非虛假，而是他們認爲：任何感情的表達都應該適可而止，必須被納入一個明確的型態中，即使是生離死別。

二〇一六年，我和妻子在大阪旅次，忽然接到弟弟傳來母親病危的緊急通知。雖然已經中風兩年的母親身體一直不好，但聽到如此噩耗，還是讓我憂急如焚，連忙買了機票，趕回台北見已經陷入昏迷的母親最後一面。

母親聽到我殷切的呼喚，吃力地睜開眼睛，那是我們母子最後一次無言的凝視。隔天再到醫院的加護病房，看著已經魂兮歸去的母親，我忍不住趴在她的遺體上放聲痛哭。

雖然有人提醒我，這樣會讓母親的靈魂徘徊不去、難以安息；但我又怎能壓抑我的椎心之痛，而不淚流滿面地哀嚎？

幾個月前，在目睹谷神已經冰冷的遺體時，眞是晴天霹靂啊！我不住搖晃拍打他，悲痛莫名，但我並沒有哭。只是接下來好幾天，我獨自在浴室裡時，上身趴在牆壁上，任由蓮蓬頭的冷水沖刷，掩面縱聲大哭。哭我就此失去了我摯愛的兒子，也哭他爲何會遭此不幸。

我並不是一個動不動就會淚流滿面的人。我只有在遇到眞正讓我痛徹心肺的事情時，才會流淚。眼淚不只在說明我的悲傷是眞實而深刻的，更是在讓我的悲傷在宣洩後得到淨化。

如果我在必須流淚的時候卻強忍不流，看似對情緒做了很好的管控，但其實只是在展現我的戾氣，因爲「淚」與「戾」的差別就在於有沒有「水」。

在治喪期間，我最常聽到的一句話是「節哀順變」，看似老生常談，卻也是智慧之言，悲劇既然已經發生，不可逆轉，那就只能順應它；不管多麼悲痛，流了多少淚，都應該適可而止。

也許不必像前述的馬達加斯加人，在某個時間點就立刻停止悲傷；但最少可以像瑞典諺語所說：「你無法阻止悲傷之鳥從你頭上飛過，但你可以不讓牠在你的髮間築巢。」

當傷心事來臨時，不是要壓抑悲傷或遺忘悲傷，而是不要耽溺於悲傷中，不要因悲傷而淚流不止。

但要如何讓悲傷之鳥不在你的髮間築巢呢？以前讀到一個很有深意的故事，我還把它改寫成文章，大意是說：

一位父親因他鍾愛的女兒罹患重病過世，他的世界被粉碎了，而不再工作，也斷絕與親友來往，整天躲在家裡長吁短嘆，以淚洗面。有一晚，他作了一個夢，夢見自己來到了天堂，看到一群由小孩組成的天使隊伍。

穿著白袍的小天使，每人手上拿著一根點燃的蠟燭，緩緩穿越一座白色的神殿。在綿延無盡的隊伍中，他注意到有一個小天使手上的蠟燭沒有點燃。仔細一看，那不正是他鍾愛的女兒嗎？他連忙跑過去，將女兒摟進懷中，溫柔而不忍地問說：

「小寶貝，爲什麼只有妳手上的蠟燭沒有點燃呢？」小女兒回答：「爹地，他們每次一點燃我的蠟燭，就都又被你的淚水澆熄了！」

他從夢中醒來，覺得夢中的女兒給了他最好的勸告和安慰。於是，從那天開始，他不再爲女兒的死流淚，開始走出家門，展現歡顏，重新與人群接觸和工作，過他應該過的生活。在忙碌了一天後，他偶而抬起頭來，彷彿看到天堂天使隊伍裡的女兒，手上的蠟燭正大放著光明。

前些時候，想起這個故事，把所寫的文章拿出來重讀一遍，發現自己在文章的最後說：「爲失去所愛的人而耽溺於悲悵中，將使對方在另一個世界裡不得安寧。只有走出悲悵，用行動來清滌悲悵，才能讓生者和死者發光。」

我覺得它給我一個重要的點醒：以前總認爲要節哀順變、不再耽溺於悲傷中，最重要的是要改變想法：往者已矣，如果他地下有知，看到你還一直在悲傷流淚，那他一定也會不好受。他應該會希望你收起愁容，重新展現歡顏、恢復活力，開始正常的人生。把他放在心上就好，你快樂了，他才能快樂，也才能安心。

一個爲親人過世而悲傷守喪的人，有很多禁忌，不能做讓人覺得你已不再悲傷的很多事。但什麼事都不做，只是一味地提醒自己要改變觀念——不能再悲傷下去，其實是很難做到的，因爲沒有引進新的刺激，只會讓原有的悲傷更「賴著不走」，揮之不去。

很多研究都顯示，要減少悲傷最有效的方法是從事各種活動——不管是恢復上班工作、外出訪友、參加聚會、爬山，甚至逛街、看電影、旅遊等等。不管做什麼，只要讓自己動起來，這樣不只可以分心，更能讓人重新感受到生命的活力，有了又重新活過來的感覺；在如此熱身後，再來改變想法就容易得多。就像約翰生所說：「悲傷是靈魂的銹斑，只有行動才能清拭它，讓它發光。」

因為有這樣的自我點醒，所以在谷神離世兩三個月後，我又慢慢恢復以前的常態生活：每天清晨和妻子去附近公園散步、買菜，回來寫些東西；天氣好的話，就開車到近郊走走或到台中度個假；主動向老友提議恢復定期聚餐，去觀賞一些不錯的紀錄片，也開始接受演講的邀約……。

在日漸忙碌中，我的心中依然會不時浮現谷神的身影，一股熟悉的悲傷之情再度湧起，但已不像以前那樣難受。我想，谷神如果有知，他應該也會慢慢放心吧。

24

我們每個人不只經歷過無數次的死亡，而且也有過無數次的出生；每一次死亡都只是部分死亡，每一次出生也只是部分出生。

我們不是一出生就擁有現在這個形體、思想、記憶、情感的，它們是來自無數次出生與死亡的造就。

有人問過我：「聽說人體的細胞每隔一段時間就會死亡，而被新細胞所取代。大約每隔七年，身上的細胞就會全部被換掉。你看起來還是你，但其實已經不再是從前的那個你？」

人體的細胞的確不斷在死亡和更新中，只是每個部位都不同，所謂「七年全部換新」，只是一種比喻，而且新細胞承襲了舊細胞的特質，也不是都健康如新的。

會提到這個問題，因爲最近常常想到死亡。到底什麼叫作「死亡」呢？我喜歡的一個定義是「個體的生理功能與意識活動進入不可逆的永久終止狀態」。因爲醫學的進步，我們很難在生與死之間劃出一個精確的界線，心跳、呼吸、意識的永久終止，也許有先後之別，但通常都在一兩分鐘內；過了，那就再也回不來了。

死亡之所以令人感到恐懼、焦慮、沮喪、悲痛、不捨，指的當然是這種「永久性的終止」。但就像前面所說，我們的身體其實每一天、每一分鐘都有部分在死亡，但也在重生；就像莊子所說，生命一直處於「方生方死，方死方生」的狀態。

難怪有人會說：「從出生的那一天起，我們就開始邁向死亡。」沒有生，就不會有死；

沒有死，也不會有生。生與死不只是相對的，而且還是一體的。

不只細胞每天都在死亡與重生，我們的很多器官，譬如牙齒一顆一顆掉、視力一天一天變差、性功能也一年一年衰弱（在自然情況下，它們也都是不可逆的）。事實上，每個還活著的人，嚴格來說，都已經「死了」百分之十、五十、甚至七十；所謂「永久終止」，並非生命從百分之百突然變成百分之零；最後那一瞬間不可逆的死亡通常只是壓垮駱駝的最後一根稻草。

生理功能如此，意識活動（包括思想、記憶、情感等）更是如此。不要說我們多數的心念都像佛家所說是「剎那生滅」，倏忽出現、倏忽消失；連我們以前自認爲「刻骨銘心」的思想、記憶、情感等，也都一個個消散、終至死亡。「我心已死」及「我已經不再是從前那個我了」等自白，在在說明曾經讓自己魂牽夢縈、意興風發的戀情與理想，都已經不再存在，也就是「死」了。

我有一個朋友，他母親七十多歲時得了失智症，最後竟完全忘了有他這個親生兒子，而把他當成可怕的陌生人，憤怒地要趕他出去。朋友說：「我覺得我母親心靈中跟我有關的那一部分已經死了，或者，我這個兒子在她的心目中已經死了！我以前所認識的那個母親也已經死了！」

聽來的確讓人唏噓。如果我們承認，這些生理功能與意識活動的消逝，也都是一種「死亡」，那每個人還活著時，其實都已經「死」了好幾次，爲什麼偏偏要只在意那最後一次的「死亡」呢？

也許有人會振振有詞：生理功能與意識活動的「永久性終止」，那才是「眞正的死亡」，其他都只是一廂情願的虛幻之詞。但不要忘了，一個人在失蹤滿七年後，法院得因利害關係人或檢察官之聲請，宣告那人在法律上已經「死亡」。如果在他的財產被繼承、轉讓，他的妻子改嫁他人後，他才「死而復生」地回來，就會讓人感到困擾：「你已經死了，還回來幹嘛？」

而且，現在不是有人開始嘗試將生理功能與意識活動「永久性終止」的屍體以特殊技術急速冷凍，期待未來進步的醫學能爲他的死因提供有效治療時，再將屍體解凍，好讓自己「死而復生」嗎？這樣的等待能說是「眞正的死亡」嗎？

所以，固執地以爲自己所認定的才是「唯一而正確」的「死亡」，恐怕也是一種一廂情願吧？

如果我們能延展「死」的定義，自然也會想要擴充「生」的範疇。那麼又有誰能肯定地說在「眞正的死」後，人不會以另一種方式繼續「活」著或重「生」呢？

不管是說人死後，組成身體的分子和原子分解，回歸自然，然後又重新凝聚、組合成各種無情與有情物種；或者靈魂會上天堂、下地獄、再度去投胎轉世；或者死者的音容與言行依然活在生者的心中與口中；或者他的事蹟與思想被筆之於書、錄成影片，供後人觀看傳誦……；這些說法容或有雅俗之別，但無一不是讓人「死後繼續活著或得到重生」的可能方式。

當我們發現自己或親人的生理功能與意識活動部分死亡時，雖然也會爲之傷感，但絕不會像目睹親人最終死亡或自己面臨最終死亡時那樣撕心裂肺、悲痛莫名；因爲我們知道那只是「部分死亡」，對方或我們還能得到「重生」。那爲什麼不能將親人及自己被世俗認定的「眞正死亡」，視爲也只是另一種形式的「部分死亡」呢？

兒子驟然離世後，讓我在悲痛之餘，開始認眞思考生死問題。

我想，我們每個人不只經歷過無數次的死亡，而且也有過無數次的出生，每一次死亡都只是部分死亡，每一次出生也只是部分出生：我們不是一出生就擁有現在這樣的形體的，它是無數次的出生與死亡所造就。

我們更非一出生就擁有現在的意識、思想、記憶、情感。自我意識的萌生、第一個理想的誕生、初戀的體驗……它們無一不是個人在成長過程中由一點一滴的學習與經歷才「出生」的，而且是不斷在生生滅滅的。我們甚至可以說，我們每天都在清晨醒來時出生，在夜裡入睡後死亡；每天都是一個具體而微的人生。

「從前種種，譬如昨日死；以後種種，譬如今日生。」很多人在這看似短暫的一生中，其實已經歷過無數次的生死輪迴，有過各種不一樣的人生路。

我想，不要再執著於那唯一的生與死，而將生與死多重化，不僅可以減少在面對那唯一一次死亡時的恐懼、焦慮、沮喪、悲痛、哀傷、不捨，也可以開拓生者的人生視野與機遇，讓大家的人生出現更多的可能性。

當我從這個角度來看谷神的人生時，就有了不一樣的感受：我覺得他在他生命的每個重要關口，都自己做出了取與捨（抓住某些東西、放棄另些東西），那其實也就是讓某些「生」、讓某些「死」的選擇。他的人生雖然短暫，但如果稱得上多采多姿，那也是因爲他有過好幾次這樣的生死輪迴。

我又何必在意他那最後一次、非出於自己選擇的死亡？那不也只是他生命的部分死亡嗎？

當然，在最後一次的死亡後，他只能靠依然活著的我們、朋友讓他得到重生，讓他在某些方面繼續活著，甚至活得比以前更好；說不定還可以生出以前大家都沒料到的新景觀、新風采。而在我們心力所不及之處，他也只能就那樣消散了。

對我這個已經死了好幾次，又活過來無數次的老人來說，在對兒子的生死做了如是思索後，我的心情已比以前平靜許多，而且還能較寬慰、甚至較愉快地去處理他的未竟之事，還有讓他獲得重生的各種工作。

工作之餘，參加茶藝班學泡茶

25

我想，在往後的夜夢中，如果我遇到存在於某些平行宇宙裡的谷神，看到他在那裡過著不一樣的人生，不管那是什麼樣的人生，我都應該為他感到高興，因為每個人生都有它特殊的風景與特別的意義，也都同樣值得珍惜。

七月中的某個晚上，我夢見谷神。在夢中，他成了一個手持吉他的搖滾歌手。谷神過世後，我其實很少夢見谷神（或醒來後忘了）；即使夢見，也只是一些模糊的枝節。唯獨那一晚他成了我夢中的主角。

但奇怪的是，我在夢中只看到他手持吉他，在舞台上走跳的畫面，並沒有聽到他在唱些什麼。還記得夢中有人告訴我，谷神在歌壇上有「暗黑王子」的稱號，是個很受歡迎的前衛歌手。

我爲什麼會作這樣的夢呢？夢中谷神「手持吉他，在舞台上走跳的畫面」很可能是來自他爲歌手林俊傑的新歌〈丹寧執著〉所執導的MV——林俊傑手持吉他，帶著四隻可愛動物所組成的「虛擬樂團」，在舞台上邊唱邊跳的場景。那一幕讓我印象深刻，結果3D動畫導演王谷神在我的夢中就搖身變成了搖滾歌手。

但爲什麼我聽不到他的歌聲？也許是在現實生活裡，我從來沒有聽過谷神唱歌。谷神也從來沒有聽過我唱歌，不只谷神，我的父母、妻女也從來沒有聽過我唱歌；應該說也沒有彼此聽過對方唱歌。我們是一個缺乏音樂細胞的家族。

原本對唱歌沒有什麼天賦與興趣（或我以爲）的谷神，爲什麼在我的夢世界裡會成爲受矚目的搖滾歌手呢？

心理學大師榮格說：夢經常能告訴我們褊窄意識難以捕捉的情境。這樣的夢也許是在表示我的潛意識認爲谷神（甚至我們家族）其實擁有未曾開發的音樂潛能，在這個塵世雖然一直隱而未顯，但卻讓谷神在另一個世界裡得到開發的機緣，不僅大放異彩，還讓他在那個世界裡有著愉快、滿意的人生。

而「暗黑王子」的稱號，可能是因爲我一直認爲谷神對宇宙與人世間的黑暗面有較敏銳的感受力，但也可能是在暗示在另一個神祕不可知（暗黑）的平行宇宙裡，谷神如「王子」般受到大家歡迎，所以，我實在不必爲他在這世界的英年早逝太過悲痛不捨。

不久前的某個晚上我又夢見谷神。在夢中，他成了流落莫斯科街頭的一名失憶男子，遺忘了自己的身世和過去。我只能在夢外看著分明是他的那位男子，卻愛莫能助。

然後，在社福機構的收留、輔導下，他被安排到一間小工廠上班，過著受薪階級的平凡生活。不久，他和當地的一名女子結婚；然後，生了一個女兒。喜歡旅遊的他買了一輛二手重機車，在假日，經常載著妻子和女兒到山中或河邊野餐。我在夢外看著他們一家和樂融融的小確幸景象，想出聲呼喚，卻失去了話語。

這個夢跟前個夢有類似的地方：谷神不只成了我夢中的主角，而且還在異地過著另一種人生。但不同的是：我從夢中醒來，百感交集，不知道是欣慰多於遺憾，還是失落多於滿意。

我爲什麼會作這樣的夢呢？大概是我前晚在電視上所看的《不可能的任務：鬼影行動》：由湯姆．克魯斯所飾演的伊森與班吉潛入克里姆林宮的機密檔案庫，在撤離時目睹克里姆林宮發生爆炸，而他也受爆炸波及而被送往醫院……。躺在沙發上的我看到這裡，迷迷糊糊睡著了。被妻子叫醒後，到床上繼續睡，結果就作了那樣的夢。當然，電影只是引子，重要的是夢的內容。

夢中的谷神在莫斯科所過的生活，其實是他活著時一點也不想要的人生，只有他在對自己「失憶」後，才有可能出現與被安排、接受的人生。而所謂「社福機構的安排」，其實可能是在反映我個人的一個心願：

就像佛洛伊德所說「夢是願望的達成」，在內心深處，我多麼希望谷神能繼續存在著，即使是在一個陌生的地方，過著只是相當平凡的生活。

我以前總認爲人生有高下、良窳之分，而關鍵就在於個人的選擇——每個人都因不同的選擇而有了不同的人生。但這是把人生看得太簡單，除了選擇，人生更有個人先後天條件與際遇等問題。每個人都有他嚮往的人生，但到頭來多半無法盡如人意，而這往往也不是來自他個人的「錯誤選擇」。

不同的人生路其實都各有長處和短處，也各有它們獨特的風景。你只能知道自己走上什麼路後有了什麼樣的人生，因爲你根本無法去經歷另一種、甚至各種不一樣的人生，品嘗它們獨特的酸甜苦辣，然後再做出評斷；所以對何謂美好、平凡、枯燥或幸福的人生，其實都只是個人一廂情願的自以爲是。

你今天所過的人生，不管滿意與否，都已很難再回頭；逝去的生命，更是無法挽回。不過有些物理學家卻認爲，世界其實是由無數個平行宇宙所組成，我們每一個人都同時存在於無數個平行宇宙中，因爲不同的際遇與選擇而在不同的宇宙裡過著不同的人生，有著不同的人生風景和生命意義。

聽起來實在是匪夷所思，但把它視爲是生命的一個隱喩又何妨？

其實，在每天的夢裡，我們也都在過著另一種人生，只是多數人都認爲它們毫無意義、不能當眞。但打破砂鍋問到底，究竟什麼才是眞正的「眞」？又有什麼才是必須「當眞」或可以「當眞」的？

我想，在往後的夜夢中，當我的意識進入另一個世界後，如果我能再遇到存在於某些平行宇宙裡的谷神，看到他在那裡過著不一樣的人生，不管那是何種人生，我都應該爲他感到高興，因爲每個人生都有它特殊的風景、特別的意義，也都同樣值得珍惜。

26

也許，我再怎麼努力，再怎麼聽、怎麼說，也無法完全了解谷神的內心世界、無法改變他最後的命運。

與其追悔，不如將遺憾化為亡羊補牢的動力，多和妻子與女兒談心；也寄語天下父母，讓子女能真正感受到你對他們的真愛。

二〇〇一年夏天，我們一家四口到上海旅遊，因時間較長，託上海友人在華山路租了一間公寓，當起了短期寓公。開學前，我和谷神先回台灣，妻子則陪到上海圖書館收集論文資料的飛仙留下來。

在上海時，我們四個人每天從早到晚幾乎都形影不離。但從上海搭機飛回台北，到我父母從台中回來，大概有五、六天，我的身邊就只剩下谷神一人。

當時滿心期待可以利用這個難得的機會，和剛讀研究所的谷神好好談一下心，父子兩人彼此敞開胸懷，隨興之所至，深入地聊聊，話人生、談感情、說夢想，什麼都可以，無拘無束，希望能因此而有更溫馨、親密的父子關係。

但一上飛機後，雖然比鄰而坐，說沒兩句話，就各自把頭埋在各看的雜誌中；吃完飛機餐沒多久，就準備下飛機了。回到家裡，雖然無人打擾，但晚上吃完便當，看看電視，找不到什麼話題，就又各自溜進自己的房間，一宿無話。

倒是有一晚，我還在客廳看電視影片，谷神忽然從房間走出來，對我說：「紐約的雙子星大廈被飛機撞了！」（九一一恐怖攻擊），我連忙轉到新聞台，父子很自然地邊看電視邊談起恐怖主義、人性、仇恨、霸權等問題，談了將近半個鐘頭。

談的雖是悲慘事件，但卻是我溫馨的回憶。因爲我們父子以前很少獨處，彼此交談也很少超過五分鐘。美中不足的是那夜長談，並非談心，用文章來做比喻，那就好比是在寫論說文，而非抒情文。

談心，是要彼此打開心扉，讓對方聽到他以前沒聽過的內心話，自己平常不會說或不好說出口的想望、愛憎、憂慮、徬徨等等，也就是曝露自己的內心世界，讓對方多了解「眞正的自己」。

雖然嚮往這樣的親密關係，但其實很難做到。除了妻子外，我很少和父母、子女、兄弟姊妹、好友有過這樣的談心經驗；即使有，也總是在讓對方驚鴻一瞥後，馬上又關上心扉。對方看你緊閉心扉，當然也就難以敞開胸懷了。

我從小就有一個毛病，在與人面對面時會感到不自在，也不知道要說什麼，沉默成了我最好的對策。久而久之，不只口齒不伶俐，更不擅長用言語表達自己的想法和情感；即使在至親面前，也經常如此。

也許是爲了彌補我在這方面的無能，我轉而用文字來表達我的想法和情感（說不定因此才成爲一個作家）。在成了作家後，除了寫過幾篇文章來訴說我對父母、妻子、兒女的關愛與心意外，還在寫作上有過如下的轉折：

當飛仙和谷神還在念高中時，我正進行《漢民族的幽闇心靈系列》的寫作，經常一早就出門，到國家圖書館閱讀《筆記小說大觀》，蒐集資料兼撰文。有一晚回家，看到他們在各自的房間讀書，我忽然覺得自己疏忽了做爲一個父親的責任。

兒女都正值青春期，也是準備踏上人生征途的關鍵時刻，心中一定有很多迷惑和徬徨。身爲一個父親，我不是應該給他們一些溫馨而適切的指引嗎？但我卻成天窩在圖書館，和古書裡的鬼魂、妖精打交道！自覺這樣太不像話了，所以當晚就決定中止《漢民族的幽闇心靈系列》的寫作，先專心去盡我對子女應有的責任與愛。

我心中有千言萬語。但與其用說的，不如用寫的；爲了表示是在和兒女談心，我決定採用書信體；寫了幾篇後，覺得只和自己的兒女談心太狹隘，不如和所有的青少年談心；最後爲了避免說教，又成了現在的自己寫給年輕時候的自己……

它，就是《蟲洞書簡》。書出版後，妻子各拿一本給谷神和飛仙，說：「這是把拔寫給你們看的，你們有空就翻翻吧！」我當然是希望他們能從中受益，但我從未問他們是否看了或看了有何想法，只是覺得自己做了應該做的事而鬆了一口氣。

在飛仙和谷神念研究所時，有一晚外出用餐回來，我若無其事地對他們說：「我和媽媽商量好了，你們如果想出國，我們會給你們各一筆錢，讓你們在國外求學與生活個三年應該沒問題。至於你們要學什麼，我們都沒意見。」

結果，研究所畢業後，飛仙到芝加哥去念她的歷史本行；谷神則到紐約改學3D動畫。這也是我覺得我做得到、應該盡的責任。

我不會說愛，也不喜歡說愛；對我來說，愛就是責任。我愛我的子女，我會心甘情願地去盡我認爲對他們該盡的責任。但，這樣就夠了嗎？

在某些方面，我覺得自己就像我的父親，在子女的心目中可能是個可以依靠、可以信任、會盡到責任的父親，但卻也是個不容易親近、總與他們保持著一臂之遙，會讓他們感謝、但卻不容易感動的嚴肅父親。

我父親過世時，我感念父親對我那沒有說出口的愛，也對自己沒有敞開胸懷和父親好好談心感到自責。並提醒自己，不要讓我和子女的關係落入同樣的窠臼。

這時，飛仙和谷神都已在美國成家立業，我做父親的責任已了。他們除了一兩年回台小住一段時間外，Line的家人群組成了我們交流的重要平台。

經常在Line上噓寒問暖、交換吃喝玩樂心得，看似言不及義，卻也是增進彼此感情最自然的方式。談多、談久了之後，一點一滴溶化父子間原有的僵硬、嚴肅、隔膜，特別是谷神返台創業後，我們在一起出遊、吃飯、玩樂的次數增多，彼此間的交談感覺也比以前自在、深入得多。

正在慶幸我們終於有了比以前親密的父子關係時，想不到谷神卻驟然離世。除了悲痛不捨，更爲自己雖有心想和他好好談心，但還是做得不夠多、不夠好而感到遺憾。往者已矣，如今我只能以一個心中有憾的父親角色，和天下有心但卻無力的父母分享我個人一些遲來的醒悟：

我覺得對子女盡到照顧的責任固然重要，但絕非最重要、也不是最基本的責任。有人說：「愛的第一個職責是傾聽」，如果我們愛子女，那就要好好聽他說話，不只要耐心聽他把話說完，不要中途打斷、插嘴，更要兩眼看著他，讓他覺得你是專心而又很感興趣地在聽，這樣他才能說得更多，最後說出他眞正想說的心裡話。

在和子女談心時，切忌在他還沒有把眞正的心結或問題說清楚前，就急著給他建議。雖然是出於一番好意，但卻很容易讓他誤以爲你是想爲他的人生下指導棋，讓他產生防衛心，結果就很難再做深入的交談。

在專心傾聽他說完他的心事後，與其倉促給建議，不如換你對他傾訴，告訴他其實你也有過類似的遭遇，讓他覺得你們是一國的，你對他的問題能感同身受。

谷神有一次對我說，他對放棄高薪的工作回國創業感到有些後悔，覺得他低估了會遭遇的挫折和挑戰。我告訴他，當年我放棄當醫師，改行當作家和做出版時，面臨比他更大的壓力，但最後還是靠「自我肯定」撐過去。史懷哲當年也在日記裡抱怨爲什麼要到非洲來？遭遇挫折是家常便飯，重要的是你要有堅定的意志，樂觀去面對挑戰。

彼此傾聽與傾訴非常重要。即使是親子間的溝通，多數人開始都只是交換一些浮面的訊息，要想說出難以啓齒的眞心話，需要經歷反覆「傾聽與傾訴」的過程，你向我揭露得多，我就回報你而揭露得更多，在增進彼此的了解後，兩人的關係也才會變得更親密。

但這需要時間。深刻的自我揭露會讓人感到不自在，所以最好能安排一個不受打擾的時間和場所，可以讓兩人心無旁騖地交談（切忌邊看電視邊談話）。我有一次和谷神談心，正談得入港時，卻因爲突然接到一通電話，對方還說個沒完，結果谷神就溜回自己的房間，無以爲繼了。

在谷神離世後，我們才知道他其實還有某些沒有向我們透露的心事，也許是他不想讓我們爲他多操心；但也許是我們做得還不夠，無法讓他放心地對我們敞開他更多的內在。

如今，我連想再跟谷神說一句話的機會都沒有了。也許，我再怎麼努力，再怎麼聽、怎麼說，也無法完全了解谷神的內心世界、無法改變他最後的命運。但與其追悔，不如將遺憾化爲亡羊補牢的動力，珍惜有限的人生，找機會多和自己的妻子與女兒談心；也寄語天下父母，讓子女能眞正感受到你對他們的眞愛，而願意在你面前打開他們的心扉。

27

生命不單只有長度，它還有寬度、深度、高度等範疇；要將它們一視同仁、等價齊觀，才是真正的「齊物」。

而認為每個生命在不同範疇裡的寬度、深度與高度，其實也沒有什麼本質的差別，那才是真正的「慈悲」。

「天下……莫壽於殤子，而彭祖爲夭。」

這是《莊子．齊物論》裡的一段話，翻成白話是：「世上沒有比夭折的嬰兒更長壽的，而傳說中活了八百歲的彭祖卻是短命的。」

這跟多數人的認知相反。但莊子會這樣說，目的是要打破一般人對壽命長短、時間久暫的執念。一個人活了多少歲月，雖然有公認的衡量標準，不過要說那到底是「長」或「短」，恐怕要先看是在跟什麼做比較。

如果跟壽命不到一天的蜉蝣相比，那夭折的嬰兒也算是長壽的；跟已有四十五億年的地球相比，那彭祖的確是短命的。當然，若跟宇宙的壽命相比，殤子和彭祖活多久就都變成微不足道，沒有什麼差別了。

宇宙萬物本是渾同齊生的，所謂長短、大小、優劣、貴賤，都來自人爲的區分。但就是這種區分使我們產生愛、憎、悲、歡的情緒，讓心神不得安寧。莊子的「齊物」，就是要打破這種差別觀，將一切「等價齊觀」。在撕掉人爲的好壞標籤之後，方能減少各種情緒的肆虐，而讓人活得豁達一點，更逍遙自在一些。

聽起來好像滿有道理。但當事情發生在自己身上，親自面臨考驗時，才發現自己並不是那麼容易被說服。我摯愛的兒子四十四歲就過世，怎麼能說那跟活了八十八歲一樣，甚至比八十八歲還要來得「長壽」或「好」呢？

如果可能，我是多麼希望他能再活個四十年、二十年、甚至十年也好？寫過《莊子陪你走紅塵》一書，而且還獲得一些好評的我，忽然自覺很羞愧。我為什麼無法像莊子所說，打破我對兒子「短命而死」的執念與悲痛，讓莊子陪我平靜而安然地走過這段紅塵之路呢？

在幾經思索與反省之後，我才發現除了個人感情因素外，也許還有一個原因：就是我對莊子齊物論的理解太過狹隘、單面化，還不夠透徹的關係。

關於人的生命，莊子雖然只提到時間上的長短，但生命不單單只有長度，它還有寬（廣）度、深度、高度等範疇；真正的「齊物」，不能只看長度這個面向，同時還要看寬度、深度與高度，而且更要將它們一視同仁、等價齊觀，那才是真正的「無差別」。

如果每天都是重複做些瑣事，吃喝拉睡，乏善可陳，那活到一百歲又有何意義？有什麼讓人稱羡的？但如果能活得多采多姿，高潮迭起，又能高瞻遠矚，一再開拓新的領域，有深刻的創舉，就像亞歷山大大帝雖然只活三十三歲，那不只夠了，而且還更讓人嚮往。

當我不再糾結於「只活四十四歲」這個單一的指標，從谷神遺留下來的資料裡，發現一大堆他去過的地方、做過的事、發表過的議論、有過的夢想，很多都是我以前不知道的。在觀看與發現的過程中，我內心的欣慰其實是多過惋惜的。

就以活到四十四歲這個生命階段來說，谷神擁有的人生其實比我更多采多姿；他生命的廣度和深度，也比絕大多數同世代的人來得廣而深。英年早逝雖然讓人惋惜與悲痛，但我又何必自陷於他「短命而死」這個狹隘的胡同裡？

在將谷神生命的長度、廣度和深度「等價齊觀」後，我難過的心情才慢慢獲得了舒解。但就在這個時候，有一位臉友私信給我，大意是說谷神的人生雖然短暫，但卻非常亮麗，是我們可堪告慰之處；不像他兒子三十歲出頭就暴斃，但終其一生卻非常平庸，只是勞碌而卑微的存在，看不出有什麼價值，那才是他更大的悲痛。

我忽然覺得，如果我想用齊物論來安慰這位不幸的父親，那對他和他兒子可能都是一種「冒犯」。在如微塵般的衆生面前談什麼「萬物一齊」，簡直就是「不知民間疾苦」，不只陳義過高，更讓人懷疑是否故意在爲難、嘲弄他們。

那我要如何安慰這位父親？我心中不由自主地浮現「慈悲」這兩個字。沒錯，我應該要以慈悲心來看待他兒子的早逝與他的悲痛。

慈悲是佛家用語。我在前面已提過：「慈名愛念衆生，常求安穩樂事以饒益之。悲名愍念衆生，受五道中種種身苦心苦。」慈悲心就是自覺與他人同體共生，對他人的苦難不僅感同身受，覺得不忍，而且想要爲他拔苦、給他快樂。

但要怎麼做？我想我可以對這位父親說：他兒子三十出頭亡故跟我兒子四十幾歲離世，其實沒有太大差別，也不必多問爲什麼。雖然大家都貪生怕死，認爲能活著才是快樂，死亡就代表幻滅；但誰有資格能做這麼肯定的斷言？

他說我兒子人生亮麗，而他兒子只是平庸，但什麼是「亮麗」？「平庸」？也不過是人爲、世俗的分類和看法。SVA畢業作品得到動畫金穗獎看似比小學時得到珠算比賽第三名來得高貴、光榮，但獎勵的本質是一樣的，重要的是你要有自己的價值觀，每個人都要懂得自我肯定與自我珍惜，用別人的標準或眼光來評斷自己和兒子，才是眞正不幸、可悲的事。

每個人每天、每年的時間都一樣長，做的事、去的地方都不一樣，但去巴黎三次就比去花蓮兩次來得好嗎？在每個看似平庸的生命裡，也都有它們各自的廣度和深度，有賴自己去發現、去欣賞。重要的是：你要爲自己兒子短暫的生命找到屬於他的個別意義和尊嚴，而不是去和他人做比較。

我認爲佛家的慈悲不只是「衆生平等」，而且還是「衆事平等」、「衆念平等」。人世間的一切差別觀（如長短、貴賤、美醜等）都是因爲世人的無明與貪嗔癡而產生的對立、我執、迷失。慈悲，就是要消弭這些差別。

我忽然覺得，佛家的「慈悲」與莊子的「齊物」其實也是殊途而同歸，目的都是想要打破、消弭各種差別觀，只是莊子的齊物論從理性切入，比較高調；而佛家的慈悲心則是從感性出發，比較柔軟，可以被更多人理解和接受。

當我改用慈悲心來看英年早逝及生命的長度、廣度與深度時，我才發現我原先所說「谷神生命的廣度和深度，比絕大多數同世代的人都來得廣而深」很不妥，因爲那是一種不慈悲、也不夠謙卑的看法。

每個生命都各自有它不同範疇的廣度與深度，很難用同一個標準來衡量和比較。自以爲是地認爲自己或兒子的生命要比別人來得廣而深，這樣雖然能讓自己好過一點，但也不過是一種一廂情願的差別觀罷了！

除了生命的長度、寬度、深度外，死亡到底是怎麼一回事、人死後又將如何？佛教、基督教、道教、回教，還有我自己，也都各有看法；如果我能心懷慈悲，更懂得謙卑，那我就能認清，渺小的我無法肯定誰說的才是對的或比較好的，我不應該對它們有差別心，或隨意去論斷。

當我能夠更慈悲、或者說更謙卑地去看兒子的英年早逝、還有生死問題時，我發現承認自己的渺小，沒有足夠的經驗和智慧去判斷各種說法的眞僞、良窳；在放棄自以爲是的差別心後，我的心靈反而得到了寧靜，也自在許多。

28

成就感才是讓一個人感到幸福美好的關鍵因素，而幸福美好的感覺又有隨邊際效應而遞減的有趣現象。我因此認為，不管谷神是否能長命百歲，他其實已經經歷過他人生中讓他自覺最幸福美好的一刻。

在整理谷神電腦中的資料時，看到他一篇談「螃蟹夢」的文章裡，有下面這段：

我回想起小時候去野柳一帶抓螃蟹的經驗，從自己腳下的石縫引誘最實在。螃蟹很貪婪，很肉欲，送以雞腸，受到誘惑的螃蟹會馬上獻身。

我們一家人曾經在野柳一帶抓了滿滿一桶螃蟹，有短槳蟹、酋蟹、皺蟹等等。桶子裡一隻火紅的史氏酋蟹站在螃蟹山頂端兩螯憤怒相擊的畫面我現在還記得，也記得螯碰撞的聲音及腳下螃蟹們躁動的水聲……。

雖然跟他的夢無關，是中間忽然插進來的片段，但應該是他小時候的美好回憶之一。他的敘述讓我想起我們曾經共度的快樂時光，那也是我個人美好的人生回憶之一，或者說，是我們一家三代六口共有的美好人生回憶。

去年，我去參加一位友人的告別式，儀式簡單而特別，主要是由亡者的親人、同學、同事、鄰居、學生等上前，各自表達對亡者的緬懷。但大家說的並非亡者有何豐功偉業，而是他們和他有過的溫馨美好、能彰顯某種價值或意義的感人回憶。

當晚，早睡的我午夜夢迴，暫無睡意，想起與離世友人的種種，還有自己有過的人生，不禁在心裡自問：「我這一生中，雖然有起有落、有悲有歡，但什麼才是讓我覺得特別幸福美好、值得珍惜與永久回味的時刻？」

想著想著，眼前的黑暗中慢慢浮現下面這一幕：

黃昏退潮時刻，我們一家三代六口，從翡翠灣的海景別墅來到龜吼村與野柳間的岩灘區，每人拿著一個內裝魚肚的網子下海，伸進岩縫裡捕捉螃蟹。躲在岩縫深處的螃蟹聞到魚腥味，橫行而出，爬進網子，向上一提，牠就成了網中物。這是母親教我們的捉蟹妙法。

在習習晚風中，我偶而抬起頭來，看著前方靜默的基隆嶼，還有身旁低頭專注的父母、兒女與妻子，聽著他們不時發出捉到螃蟹的歡呼聲與被溜掉的驚嘆聲，我心中滿是歡喜。

不到一個小時，我們就捉到了十幾隻有手掌般大小的螃蟹。一家六口踏著暮色回到海景別墅，母親和妻子忙著準備晚餐，我和父親、兒女在陽台上乘涼、閒話。捕捉小卷的漁船陸續出現，天色已暗，漁船上一排排的集魚燈將海面照得青光閃閃，煞是好看……

然後，在夜未央時，我和妻子坐在陽台的海灘椅上，邊喝著小酒，邊吮食晚餐剩下的螃蟹。在滿天星斗下，談起剛結婚時看過的一部電影：劇中有一對男女作家，住在海邊的小木屋寫作，寫累了，就到海灘漫步，看看海，吹吹風，三不五時回到都會，參與和革命有關的事業。我觀後頗爲動心，對妻子說將來如果能夠如此，應該也是一種幸福吧！

經過幾年的辛勞，我們終於在翡翠灣有了一間小小的海景別墅。雖然我很少在這邊寫作，也不再過問政治，大部分時候都是帶著父母妻兒來這裡戲水、釣魚、抓螃蟹、爬山、看飛滑翔翼，放空身心，做個閒俗之人……。

那段歲月裡，我們全家人在黃昏時刻到龜吼及野柳海邊捉螃蟹的次數應該不少，谷神跟我的回憶，更像是對那些經驗的整體印象，但還是有幾點不同：

谷神提到很多種螃蟹的名字，顯示他在這方面的濃厚興趣與淵博知識；螃蟹是奶奶煮的，但「吃」並不是他的重點。捉螃蟹是他的一個難忘經驗，不過我看不出他有「幸福美好」的特別感覺。

那我為什麼會認為那是我人生至此自覺特別幸福美好、值得珍惜與永久回味的時刻？

我想它包含了下面幾個元素：

一、那是我和妻子、父母、兒女共同參與的活動。二、這個活動提供我們精神上的快樂和物質上的滿足。三、我和妻子的努力工作有了小小的成就，而使我們能悠閒地在黃昏到海邊捉螃蟹，然後回到海景別墅用餐、乘涼、賞景，共享天倫。四、我實現了我人生夢想裡的一個篇章。

每個人都希望能有「幸福美好」的人生，但什麼是「幸福美好」？每個人卻各有不同的認知，不過從中多少可以看出一個人的價值觀、生活的目的或生命的意義，而這又跟他的人生經驗息息相關。

我出身貧困，父母為養活我們受盡苦辛。長大後，我很自然地會把家庭擺在第一位，照顧好家人（特別是父母），讓他們生活愉快是我最在意的事；當然。我個人還有其他夢想，但若與家庭有所衝突，我是會毫不猶豫地選擇家庭的。

我也要有我個人的成就感，但這個成就感不僅要符合我的價值觀，除了精神上的自我肯定外，必須還要有物質生活的成分，同時又能回歸到家人身上。

什麼是「幸福美好的人生」？谷神顯然跟我有不同的看法。但這很自然，因爲我們有著不同的成長環境與人生閱歷，價值觀和生命觀可能也不太一樣。

他有過一次不順遂的婚姻，雖然他還是希望能找到知心的終身伴侶；但他也說，他可能不會想要有小孩；對家庭生活，他似乎沒有太多太高的期待。

這些我都能完全接受，也沒有任何遺憾的感覺。我只希望他能找到他自己想要的幸福人生，而不必顧慮我們的生活和想法。

其實，我們的親子關係應該還算是不錯的。也許從小就總是全家人一起出遊，到了高中大學時代，谷神和飛仙還是經常與我們夫妻一起出遊玩樂。但我想，這些經驗雖然美好，卻絕非讓他覺得特別幸福的時刻，因爲其中缺乏他個人的成就感（有成就感的反而是我）。

我覺得，成就感才是讓人感到幸福的關鍵因素。若是如此，那人生不是愈到後半段才會愈有成就感，自覺幸福美好的機會才愈大嗎？

我從個人經驗發現一個「幸福感隨邊際效應而遞減」的有趣現象：我會自覺全家人到翡翠灣的海景別墅過夜、到野柳海邊捉螃蟹「特別幸福美好」，因爲那是我第一次品嘗到成就感的滋味（雖然在他人眼中也許根本不算什麼成就）。

後來，我又在南投水里的上安村買了一塊地，蓋了更大的農舍，種了很多蔬果，讓父母長住，我們夫妻和兒女也會經常下去，與父母過幾天田園生活，也是其樂融融。客觀來說，它代表的是更大的成就感；但我還是覺得在翡翠灣的那段生活「特別幸福」，因爲那是頭一遭。

有時候，會爲谷神的英年早逝感到不捨與不忍，覺得人生中應該還有更多的成就等待他去開創，更多的幸福等待他去品嘗，但他就這樣走了，眞是讓人感到惋惜。

但當我想到讓我自覺人生「特別幸福美好」的時刻，那時我才三十六歲。後來，雖然還有更多美好的人生閱歷、更大的「成就」，但並沒有像當年那樣覺得「特別幸福」。

在谷神短暫的人生中，什麼是讓他自覺「特別幸福美好」的時刻？我不知道。但我腦中忽然浮現下面這一幕：

那是他導演的星宇航空飛安動畫短片《星探者》得到各界肯定後，他請我們夫妻到一家高檔壽司店用餐。在席間，我們邊品嘗難得的佳餚，邊聽他眉開眼笑、意興風發地談他接下來想做的事，覺得非常的幸福美好。

今天，才忽然想到下面這個問題：當時的谷神是不是比我們更覺得幸福美好？我只能猜想「應該」吧！因爲裡面包含了他的成就感。

也許不是很大的成就，如果他不英年早逝，將來應該還會有更大的成就。但就像七十二歲的我，會認爲我三十六歲與家人在野柳捉螃蟹的那一幕，是我一生中特別幸福美好的一刻般，因爲那是我第一次嘗到這種滋味。而第一次，總是會讓人留下特別鮮明、難忘的記憶。

什麼會是谷神認爲他生命中特別幸福美好的時刻？我不知道，也無權回答。我前面設身處地爲他所說的，只是在反映我的生命觀和價值觀。

也許谷神自有他的答案。但對這個「不可能得到答案的問題」，我也只能這樣認爲、或者希望：不管那是什麼，不管他是否能長命百歲，谷神其實已經經歷過他人生中讓他自覺最幸福美好的一刻。

一家四口到金山吃鴨肉

29

想到自己可能隨時會死亡，就更懂得珍惜自己有限的生命，不再浪費時間去追逐稍縱即逝的浮華與虛榮。

真誠直視內心，問自己：什麼才是自己真正想要、有意義、有尊嚴、有價值的事體，然後放手與放心去做。

「如果我們想要成爲眞正善良的人，那就必須熟悉死亡的想法。不是要你每天或每小時想到它，而是當生命路徑引導我們走到一個適當的地點，在那兒，我們四周的景色逐漸消失，而開始沉思遠方盡頭的景色時，讓我們不要閉上眼睛，而是停下來，凝視遠方的景色，然後繼續前進。

「以這種方式思及死亡會產生對生命的眞愛。當我們熟悉死亡時，會像接受禮物般接受每一星期、每一天。只有當我們能夠如此接受生命，生命才會變得珍貴。」

這是到非洲行醫的史懷哲所說的一段話，年輕時代讀到時，頗有所感。谷神驟然離世後，又讓我想起這段話，而翻出來觀看良久。

我四周的景色不是「逐漸」消失，而是「頓時」消失，一切都如夢幻泡影般，變得不再眞實。但有一些後事亟待處理，只能以一種既悲傷又茫然的心情去應對；靜下來時，「沉思遠方盡頭的景色」，只看到一片空白。

在那段期間，我最大的感觸是我忽然覺得被這個世界拋棄，或者說切斷了與外在世界的心理連繫。

本來每天都在關心的什麼COVID 19、通貨膨脹、俄烏戰爭……，不僅在剎那之間變得非常遙遠、感覺都已與我無關，而且還染上了荒謬的色調。

我的內心也發生了變化。立刻寫信給出版社，說要終止已交給他們的一本書稿的出版，因爲自覺那本書的很多內容此時看來，竟已變得不倫不類。

原本想聽從銀行理專的建議去談新的投資方案，一直擔心我不久前說的某些話可能對自己造成傷害，也都因爲一一被貼上個「死」字，而變得毫無意義，甚至感覺非常可笑。

在兒子死亡的洗禮下，我忽然察覺到，前面那些我本來感興趣、在意、擔心的事體其實一點都不重要，爲它們蠅營狗苟，雖然不能說是在糟蹋我的生命，但我知道再周旋於其中，已絕非我對生命的眞愛。那，我對生命的眞愛又是什麼呢？

死亡，讓我嚴肅思考這個問題，也讓我想起前蘋果電腦執行長賈伯斯。

二〇〇五年，已經確診罹患胰臟神經內分泌腫瘤，而且經過手術後的賈伯斯應邀到史丹福大學畢業典禮演講，在演講中他提到死亡的問題：

他說他在十七歲那年讀過一句格言，大意是：「如果你把每一天都當成生命的最後一天，那你將在這一天發現，原來一切皆在掌握之中。」

這句話對他產生深遠的影響：此後三十三年，他每天早晨都對著鏡子問自己：如果今天是我生命的最後一天，我還會去做我今天原本想要做的事情嗎？當一連好多天答案都是否定的時候，他就知道他必須做出改變。

賈伯斯的很多行徑讓人感到不解。譬如他大學讀了一年就自動退學，年輕時過著嬉皮的生活，到印度去朝聖而受盡病痛折磨；二十一歲就和朋友在車庫創立蘋果電腦公司，在富可敵國後卻過著極端簡樸的生活，穿的是T恤、牛仔褲和運動鞋，吃的是非常簡單的素食⋯⋯。

我想，這不是他有意標新立異，而是來自他從十七歲開始，每天對著鏡子自問；還有死亡已逼近到他身邊時，他對史丹福大學畢業生所說的這段話：

「向眾人告別的時間到了⋯⋯你們的時間有限，所以不要把時間浪費在重複他人的生活上。不要被條條框框束縛，否則你就生活在他人思考的結果裡。不要讓他人觀點所發出的噪音淹沒你自己內心的聲音。

最重要的是，要有遵從自己內心和直覺的勇氣，它們已經知道你其實想成爲一個什麼樣的人——其他事物都是次要的。」

我覺得，這正是史懷哲所說的「以這種方式思及死亡會產生對生命的眞愛」，而他爲什麼能和別人不一樣，像個獨行俠般到非洲行醫？也可能就是來自思考死亡讓他產生對生命的眞愛。

因爲想到自己可能隨時會死亡，就更懂得珍惜自己有限的生命，不再浪費時間去追逐稍縱即逝的浮華與虛榮，不再隨著別人的樂聲起舞，不再被世俗的觀點、爭名奪利等欲望、愛憎悲歡等情緒所綑綁，而是眞誠直視內心，問自己：什麼才是自己眞正想要、能讓自己的生命顯得有意義、有尊嚴、有價值的事體，然後放手與放心去做。

醫師說，谷神的死因極可能是急性心肌梗塞發作。那是致死率相當高的急症，在此之前，谷神雖然有一些其他身體毛病，但除了血壓稍高、心跳稍快，心血管方面並無大礙。而且他還年輕，可能也都沒有想過、或認眞思考過死亡這個議題。

我想，如果谷神那一次急性發作，能夠逃過一劫，大難不死，那麼在和死神擦身而過後，他應該會更注意自己的健康，而且認眞思考死亡這個問題，在生命眞愛的召喚下，用對自己所具有的意義去重新定位各種人、事、物，那麼他的生活可能就會有所改變，而人生也會跟著不一樣。

但這個機會已經永遠消失了。不過，我覺得他把機會留給了我。當我因谷神的驟逝而開始認眞思考不知何時會降臨自身的「生命盡頭的景色」時，幾個月下來，我發現自己已有了一些明顯的改變。

我不再看新聞與時事評論，將電腦和電視上所有相關的連結全部清除，只看介紹歷史、文化、台灣鄉鎮旅遊與小吃的節目與影片；或者靜下心來讀些書，想想人生至此遇到的一些問題。

然後整理谷神的遺物、還有自己現存的一大堆東西。天氣好時就和妻子（也把谷神帶在心上）到各地走走，好好認識台灣這塊土地與人民，並將自己的所見所感寫成文章，登在臉書上。

臉書幾乎已成爲我跟外界保持聯繫的唯一管道，但也只是貼貼文章、說說自己的想法；自歌自舞自徘徊，無心再看他人臉書，也很少再回應讀友的留言（還請大家多多包涵）。

我對外界的人與事都變得不聞不問，看起來相當自閉，甚至自私，但它讓我得以擺脫各種世俗的束縛、他人的觀感等；我發現，這其實也使我在身心方面得到眞正的自由。做一個眞正自由的人，不受外界迷惑與左右，珍惜當下，堅定心志去做自己想要做、值得做的事，才是我對生命的眞愛，也是谷神留給我的珍貴禮物。

每一個死亡，都讓生命變得更加脆弱與更值得珍惜；思考死亡，則讓我們理解什麼才是自己對生命的眞愛。

30

重要的並非生命的長短，而是要為自己的生命能量找到可以投注的對象，賦予生命讓自己感到滿意的某些意義。

然後高興地說：「因為有很多事要做，我還不想死。」或者說：「因為還有很多事可以做，我就先不死了。」

在微信一篇談大陸孤單老人死亡問題的文章裡，讀到下面這個案例：

有位七十二歲的羅奶奶，單獨一個人住在湖北的老家。她唯一的兒子遠赴廣州工作，也在那裡買了房，但因離湖北老家太遠，一年也就回來一兩次。兒子上次回來是在農曆的十二月廿九日，過完年，正月初二就又離開了，在家裡待的日子還不到三天。

在兒子離開後的一個月裡，羅奶奶生病了。她一個人撐著，過沒多久，就死了。母親去世的消息，兒子在三天後才接到通知。

兒子請假回老家料理羅奶奶的後事。在整理母親遺物時，他發現母親的一本日記本。在退休前，羅奶奶是位老師，一直有寫日記的習慣。但退休後，孤孤單單的一個人，可以寫的東西愈來愈少，翻開過去一年的日記本，寫得最多的只有四個字：「今日無事。」

在最後一天，她以艱難的筆劃，在日記本裡寫下了短短的幾個字：「沒什麼事，我就先死了。」

整篇報導雖然有點簡略，但還是讓我興起太多感觸。羅奶奶的「沒什麼事，我就先死了。」乍聽之下，似乎是塵事已了，無所眷戀，死得安詳自在、沒有遺憾；但在知道那是日復一日、年復一年「今日無事」後的結局，那難免就會讓人對她的生命在最後成爲一片空白與寂寥發出無聲的喟嘆。

文章只說「在兒子離開後的一個月裡，羅奶奶生病了。」不知道她是因爲身體狀況一直不好，限制了她的活動力，而讓她做不了什麼事；還是因爲經濟與環境條件不佳，而無法做想做的事。

既然是退休老師，而且還有寫日記的習慣，那應該也可以從事些陶情冶性的精神活動；或是走進大自然，採菊東籬、坐看雲起，怡然自得地消磨時光。當然，在農村住膩的人，對都市人所嚮往的這種「田園生活」，基本上是沒有興致的。

羅奶奶的「今日無事」很可能是因爲心情鬱悶，對什麼事都提不起勁，失去了生命動能所致；而心情鬱悶很可能是因爲她的人生失去了寄託，以前她所全神投入的教學工作、學生、兒子都已離她而去，像一棵樹被扒了根，生活變得空蕩蕩的，看不出有什麼意義，也沒有什麼值得期盼的。如此這般，多活幾天、幾個月、幾年，只是這種空白寂寥的無盡延伸，又有什麼意思呢？

大部分的人對人生過於短促，還有太多來不及做的事就英年早逝，這樣的遺憾都可以理解。殊不知如果人生變得相當漫長，卻百無聊賴，不知如何打發，那同樣是讓人難過而痛苦的事。

我想重要的並非生命的長短，而是個人要對自己「爲何而活」有個清楚的看法，也就是要賦予自己的生命一些能讓自己感到滿意的「意義」。

每個人的生命都不同，對什麼是「生命的意義」看法也不同。生命是自己的，自己生命的意義當然也是自己說的算。但我想，不管如何多樣，它們多少會有一些交集或共通點。

就我個人來說，我認爲我的生命意義在於爲我的生命能量找到可以投注的對象，並爲它們燃燒而發光發亮，忘了老之將至或死之將至。而生命能量投注與燃燒的對象也不外是如下三大類：

一是要「有人可以愛」：我一直深愛我的父母、妻子、兒女，雖然父母與兒子如今已經離去，但我還有妻子、女兒及其他親人和朋友可以繼續關愛。

二是要「有事可以做」：我每天寫一點文章、看一些自己想看的書或節目、與妻子到各地走走，想多多認識這塊土地和人民。

三是要「有理想可以追尋」：我透過文字和影像與大家分享人生的經驗、心得，希望能對增進衆生的福祉、讓社會變得更圓滿和諧有所貢獻。

要愛什麼人、做什麼事、追尋什麼理想（或有什麼夢想、期盼）也許因人而異，但我想能讓自己生命能量投注的對象不外就是這三類，而其中最具體、也是最重要的就是要「有事可做」，因爲你對人的愛或理想的追尋都要透過「做什麼事」來表達、來實現。

在這方面，我最羨慕的是美國的摩西老祖母。她跟前面那位羅奶奶截然不同，更可以做爲所有「無事老人」的楷模：

出身農村的她，在十七歲嫁給一位農夫後即忙著操勞農事、家務和生兒育女。在較爲清閒後，她做她喜歡且擅長的刺繡來打發時間兼賺點外快；快八十歲時，她的手指因爲關節炎而無法再穿針引線，但她並沒有因此而「無事一身輕」，閒得發慌的她轉而開始無師自通地畫起畫來。

她畫的主要是鄉村的景致，還去參加鎮上的才藝比賽，得到些小獎，並在藥房寄售她的畫。

結果，被來自曼哈頓的一位藝術經紀人驚爲天人，在將它們帶回曼哈頓展出後，立刻造成轟動。摩西老祖母在受到鼓舞後，畫得更勤，經過藝評家的推介，她很快成爲擁有世界知名度的大畫家，經常在世界一流的博物館展出作品，並被複製成月曆、卡片等。

摩西祖母老年成名後，在接受記者採訪時喜歡說：「如果我不開始畫畫，那我可能會去養雞。」反正就是要找件事來做，讓身心得到寄託。

而在藝術經紀人的賞識和引介下，不僅讓她能繼續畫下去，而且畫得更有熱情、更勤快，最令人感到驚歎的是，在她留傳下來的一千五百幅畫作中，有將近四分之一是在她一百歲時所畫（她在一九六一年過世，享壽一〇一歲）。

我有時候覺得，摩西祖母之所以能那麼長壽，除了遺傳和保養之外，「天天有事做」，天天忙著畫畫，可能是更重要的關鍵。因爲忙著畫畫，工作一再獲得正面的回饋，愈做愈起勁，根本沒有時間去想死亡這檔事，這不僅讓她活得比別人久，而且活得更豐富、更有意義。

所以，只要你現在還活著，不管還能活多久，都應該爲自己的生命能量找到可以投注的對象，找一些自覺有意義的事來做，忘了死亡這回事。

然後說：「因爲還有很多事要做，我還不想死。」或者說：「因爲還有很多事可以做，我就先不死了。」

31

死亡不僅是內心無法抹去的一個陰影，每個人對什麼才算好死，其實也都會有一些不自覺的概念、甚至憧憬。

認真思考自己對死亡的憧憬，並熱情擁抱，死神可能會皺起眉頭，退避三舍，結果就讓你活得更久、也更精采。

仙崖禪師是日本江戶時代的一位高僧，有個富翁希望他的家族能永遠興旺下去，特別恭請仙崖禪師寫句祝福話，好把它裱起來，當作傳家之寶，世代相傳。

仙崖在一張好紙上寫道：「父死，子死，孫死。」

富翁看了大怒，罵說：「我想請你寫一些祝福的話，你怎麼詛咒起我們來？這個玩笑未免開得太大了！」

仙崖微笑說：「我不是在開玩笑。如果你兒子比你先死，那你一定會十分悲痛。如果你孫子比你兒子先死，你和你兒子一定也會非常悲痛。如果你家的人能一代一代照我寫的順序死，這就叫安享天年，也是我所理解的眞正興旺。」

在遭逢兒子先我而死的變故後，想起這個故事，心中便有百感交集。

人，雖然是唯一能意識到自己終將死亡的生靈，但卻也百般忌諱提起死亡，平日不談也不想，竟至假裝沒這回事。其實，死亡是百分之百確定的事，也是眞正的衆生平等，不管你如何掩飾、逃避、否定、忘懷、諂媚、咒罵，死神絕不會因此而遺漏了你。

死亡，既然是每個人都無法逃避的命運，那爲什麼我們不「打開天窗說亮話」，指著它的鼻子，坦然而認眞地好好談一談呢？

每個人都會死，問題是誰先死？「父死，子死，孫死」，仙崖禪師說得一點也沒錯，在痛痛快快地活過了以後，那就照這樣按部就班、井然有序地死吧！的確，沒有比這更「理想」或「幸福」的死亡方式。

父母過世雖然讓我悲痛，但他們都先我而死，而且高壽，不至於讓我過度悲痛。兒子英年早逝，且先我而死，那眞的是讓我撕心扯肺！我爲什麼會悲痛逾恆？因爲它破壞了仙崖禪師所說的死亡的「理想」方式。

雖然大家避談死亡，但死亡不僅是人人內心深處無法抹去的一個陰影，每個人對什麼才算「好死」，其實也都會有一些不自覺的概念、甚至憧憬。「父死，子死，孫死」，就是大家沒有察覺到或不好說出口的一個「憧憬」。

除此之外，每個人對自己「什麼時候死？」、「怎麼個死法？」可能也都會有一些憧憬。如果你從未想過，那不妨花點時間想想，雖然未必能天從人願，但只要好好想一想，那也許就會對你往後的人生及最後的必然死亡產生一些實質影響。

關於「什麼時候死？」多數人都會以當時國人的預期壽命、自己親人（特別是父母）的實際壽命為參考值，來估量自己能享有多少天年——譬如六十八歲或八十六歲，雖然不見得能如你所願，但也不算什麼奢求。

在心裡有個底後，你就可以有較明確的未來意識，而不會在二、三十歲或四、五十歲時遭遇挫折，就覺得已到了世界末日而萬念俱灰。

如果認為來日方長，譬如還可以活二三十年，那不妨對自己往後的人生做四到六個「五年計畫」，每五年有一個生命成長或發展重點，雖然不可能完全實現，但能有一個努力的方向，總是可以讓生命變得比較踏實、有個歸屬感。

當然，想再活二三十年，那麼也應該自問：「我這個身體還可以健全運作那麼久嗎？」如果有疾病纏身，那活得愈久可能會愈痛苦，所以就必須多注意養生、多運動，保持身體健康。

我很欣賞我一個朋友的做法：他在年過六十後的某一天，就對自己說：「我預計自己還有五年可活。」然後根據這個憧憬去規劃自己可能剩餘的人生，但不是做一個五年計畫，而是五個一年計畫。

將日常生活中自己該盡的責任、該享有的志趣、人際關係與休閒娛樂，譬如還必須繼續的工作、個人渴望付諸實現的夢想、跟親人與朋友的相聚、想去的地方、想看的書、想吃的美食、想做的事等等，訂出在一年裡大略的時間比例和先後順序，然後盡量照規劃去做。

到了一年後的某一天，他先回顧自己一年來的人生，再對自己說：「我預計自己還有五年可活。」看似用掉一年的生命又多出了一年，除了對剩下的四個一年計畫稍做修正外，他又對未來的第五年規劃出一個新的一年憧憬。

這些一年又一年的憧憬，譬如「個人渴望付諸實現的夢想」等，都是具有延續性的，每年都各做一點，雖然到死前還不見得能實現，但「花未全開月未圓」，一直有事可做、一直能有所期待，不是更讓人欣賞的生命境界嗎？

我覺得他對死亡的這種憧憬相當理想，所以我現在也改採這種靈活的方式。「我預計自己還有五年可活」，看似短暫，但卻是每年都能有的同樣預期，自己什麼時候會死成了開放性的問題，自己不用煩惱。而「五個一年計畫」也是每年都需要擬訂或修正的，年距短不僅較好掌握，也比「三個五年計畫」更靈活、有彈性。

至於「怎麼個死法？」就時間來看，可以分爲兩大類：

一是猝死，譬如車禍、飛機失事、溺水、地震等意外，或急性心肌梗塞、中風等重病，當事者在很短時間內就再也沒有心跳、呼吸和意識。

一是因罹患癌症、各種慢性病、失智症等，纏綿病榻一段時日、身心功能逐漸衰敗，終至回天乏術。

如果不談歲數，多數人憧憬的死法應該是前者，因爲它不會帶給當事者和親人太長時間的身心折磨，但也可能因爲沒有心理準備而讓親人無法接受、悲痛莫名、在處理後事時增加很多困難。

後面一種死法雖然會拖延較久，讓自己和照顧的人都比較辛苦，但我也聽過某位名人說他想要得到癌症而死，因爲這樣可以讓他在生命的最後，深刻品嘗死亡降臨的各種滋味，也可以有比較充裕的時間處理未了之事、與親人朋友好好話別。

當然，要「怎麼個死法」也不見得會如你所願，但如果自己能先有個想法，那每一種預期的死法都能讓你未雨綢繆，對可能遭遇到的醫療、法律、親人反應等問題都能先有個心理準備，若眞如你所願，那麼到時候也可以比較從容自在。

既然不是你想怎樣就會怎樣，那沒事時不妨多想幾種可能的死法，等事到臨頭，你從容自在的機會就愈高。更妙的是，每個人其實都是不想死的，當你對自己會怎麼死想得很深入時，你同時會對如何避免自己那樣死提高警覺，而避開各種危險因子，結果反而不會那樣死。

總之，當我們不再忌諱談論與思考死亡，對死亡產生憧憬，而開始認眞地擁抱它時，死神反而會皺起眉頭，退避三舍，而讓你不僅活得更久、也更精采。

32

要避免死亡成為一個孤獨的旅程，那就必須走出自我的城堡，和他人建立各種聯結，為社會做些有意義的事。

這其實也是為了自己，為自己鋪好通往死亡的理想途徑：一條有著鮮花、感謝、祝福與掌聲的康莊大道。

死亡，是一趟孤獨的旅程。而谷神的離開，也許更加孤獨。

他從美國返台創業時，已經恢復單身，辦公室與住家合一，但因公司只有他一個人，雖然不時有朋友、客戶會去找他，他也經常回來探望我們或一起出遊；但基本上，他過的是獨居生活。

去年五月五日，他的一位朋友因聯絡不上他而來電詢問。我們透過手機、Line和座機，接連打了幾通電話，也都沒回應，急忙忐忑不安地趕到他住處。打開房門，發現燈亮著，而他則倒臥在地上，已經氣絕多時。

我們頓時陷入一片黑暗中，驚駭與悲痛莫名。妻子趴在他身上放聲哀號，我也只能強忍悲痛，打電話向警方報案。

法醫來相驗，看現場情況，認爲最有可能是急性心肌梗塞發作致死，而且倒在那裡已有一天的時間。

將近一年來，我腦中不時會浮現他倒臥在地的孤獨身影，無聲自問：「在死前那一瞬間，谷神心裡在想些什麼呢？」這個沒有答案的問題一直糾纏著我，最後，我只能用「也許他什麼都沒想或來不及想吧？」來安慰自己。

但即便如此，還是對他就這樣孤零零地離開，沒有一個人在身邊陪伴感到難過、不捨。

但有人在身邊陪伴又如何？巴金森和阿茲海默症纏身多年，因病危而又住進大醫院的父親，在我們放棄不必要的急救而陷入彌留狀態時，母親就坐在病床邊，姊姊和我則站在病床的左右側，輕輕撫摸父親的臉頰和身體，在他耳邊低語：「爸爸！您就放心走吧，我們會好好照顧媽媽的……」然後，無可奈何花落去。

雖然有至親在身邊陪伴，父親還是一個人孤零零地走進死亡的幽谷，孤獨地踏上死亡的未知旅程。

但後來平心靜氣地思考：在更早之前已經失去意識的他，也許根本不知道隨侍在側的我們正溫馨地安慰他；而早已失智的他，也許更完全沒有「自己就要死了」的念頭。爲此而焦慮、驚惶、悲痛、不捨的其實只是還不會死、還不想死、還有清明意識的我們。

我慢慢覺得，認爲「死亡是一趟孤獨的旅程」其實只是還活著人的想法，最少是活人在清醒時想到自己的死亡時，最常出現的一種預感。當然，這裡面還有時代的氛圍，在自我意識濃厚、個人主義盛行的時代或社會裡，認爲「死亡是一趟孤獨旅程」的想法就會愈普遍。

孤獨跟自我意識密切相關：自我意識愈強烈、愈認爲自己是獨立自主個體的人，就愈不想和他人有太多瓜葛、受他人羈絆，自然就會愈孤獨。

孤零零一個人難免會讓人感到寂寞，但喜歡孤獨、最少是要有很多獨處時間的人卻愈來愈多，美其名爲「與自己的甜蜜生活」，更認爲「忙碌的孤獨」是人生難得的美好時刻。

我覺得谷神返台後過著獨居的生活，多少有這種意思，所以我們也樂於接受，只是期待他能找到知心的伴侶，重組一個溫馨的家庭。

喜歡孤獨、認爲自己是獨立自主個體、人生來自自己選擇的人，不僅更有可能孤獨地踏上死亡的旅程，通常也會更不甘心於死亡，因爲死亡意味著自我的毀滅，所以會產生更多的焦慮與恐懼，甚至避而不談，假裝沒這回事；這也是這個時代很多人對死亡所懷抱的態度。

我以前讀到《世人》（*Everyman*，或譯爲「每個人」）這齣中世紀的道德劇，覺得很有意思，它大意是說：

當死神找到世人（代表我們每個人），告訴他死期已至時，世人極爲驚惶，在請求延期被拒後，他提出另一個請求：「能否讓我找個伴，一起這趟孤獨的旅程？」死神微笑答應：「好吧！如果你找得到的話。」

於是世人去尋找願意陪他一起死的同伴，但所有的親人、朋友、乃至於財富、知識、美麗、力量等等，都傷心或冷淡地回絕了他，讓他感到無比的孤獨與失望。最後，好不容易找到一個願意陪他走進死亡幽谷、讓他免於孤獨的人——「善行」。

如果把它視爲只是在勸人行善的道德寓言，那就有點可惜。的確，除了你自己，沒有人能陪你一起死，但爲什麼「善行」會是讓人免於死亡孤獨的良伴呢？首先，我們要了解什麼是「善行」？簡言之，它指的是你對別人所做的好事。但不管是什麼好事，重點在於你因此而和別人產生了聯結，而且是有價值、有意義、讓對方感謝、懷念的那種聯結。

這樣的聯結其實也就是將「小我」（個體）匯入「大我」（群體）之中，每個人就像一滴小水滴，小水滴若獨立存在，那在日曬之下，它很快就會乾掉，消失得無影無蹤，一如個人的死亡，那的確是一件孤獨而又讓人不甘心的事。

但如果小水滴能融入大海中，成爲大海裡的一個小點，也許不再有獨特的面貌，但也無所謂生死，當然也就不會有孤獨、焦慮、悲痛、不甘心等感受了。

我想，這也是在較具有集體主義色彩的文化中，一個人在面對死亡時較不會有孤獨、焦慮、恐懼等負面情緒的原因，因爲它和其他人是一體的，即使自己的肉身灰飛煙滅，但他依然受到很多人的感謝和懷念，雖死猶生。

最近，當我對谷神的過早離世、孤獨地死亡又升起悲痛與不捨之情時，我總是會再度回到《追思谷神》網頁，去瀏覽谷神好友、同學、同事、後進等對他的緬懷，看到有那麼多人提起谷神生前有過的讓他們感謝與懷念的「善行」，我的心情就會變得好一點。

就嚴格的定義來說，每個人都只能孤獨地死亡，因爲沒有人會陪他死。但死者在死前瞬間到底在想什麼，沒有人知道，一切都只是生者的猜疑。

我唯一能確定的是谷神雖然喜歡獨居，但他同時也是合群的；在很多時候，他和很多人不僅是一體的，而且有過很多「善行」，擁有讓他在死時和死後都能免於孤獨的良伴。人生，就是在孤獨與合群間不斷遊走的一個旅程。要避免死亡成爲一個孤獨的旅程，那就不能再耽溺於「與自己的甜蜜生活」，而必須走出自我的城堡，和周遭的他人建立各種聯結，爲他人、爲社會做些有意義的事。

這其實也是爲了自己，爲自己鋪好通往死亡的理想途徑：一條有著鮮花、感謝、祝福與掌聲的康莊大道。

33

在接受死人（死亡）的治療時，我們到底要懂得放下或者更加奮發，那也許要因人因時因地而異吧？或者是經常游移在放下與奮發之間，今天提醒自己最好是放下，明天卻又鼓勵自己應該要奮發吧？

日前整理書房裡隨意堆疊的書本，將自己所寫的書先擺在一塊。《人間飛翔：蘇三的心靈之旅》是我在二〇〇〇年所寫、類似小說但可能更像散文的一本集子，我隨手翻閱，看到裡面有一篇〈接受死人的治療〉，不知不覺就讀了起來：

午後，烈日當空。

山丘上錯落著纍纍的墳塚和款式不一的墓碑，幾隻蝴蝶在野花間飛舞。走過墓園的蘇三忽然感到無比的燠悶，他想找個地方休息。黃土路邊有一棵大榕樹，當他走過去時，發現樹下已經坐著一名男子，兩眼正癡癡地望著對面纍纍的墳塚。

蘇三在一塊石頭上坐了下來，向對方點頭招呼：「你好，你是來掃墓的嗎？」

「我來這裡接受死人的治療。」男子說。

雖然是大白天，但蘇三一聽，也不禁全身一顫。

男子說，他開一家小公司，請了幾個職員，生意不好也不壞。他有時候會突發奇想，覺得人生「不應該只是這樣」，於是想大展鴻圖，但卻力不從心；有時候又覺得「他之所以會這樣」，就是所用非人，連續換了幾個職員，但都不滿意，很多事情都要自己做才放心。

他為此心煩了好久，去請教一個法師，法師告訴他「那你就去墓園接受死人的治療吧！」他本來以為法師是在開玩笑，但現在卻覺得頗有道理。

「看這些墳墓——它們就是一個人最後的歸宿。躺在裡面的人，很多在生前不是蠅營狗苟，斤斤計較，這個也要那個也要；就是孜孜矻矻，舍我其誰，覺得什麼事都非他不可，不放心將這個或那個交給別人；但他們死了之後呢？帶走什麼又留下什麼？世界還不是照樣運轉？說不定比以前還更好。死人的確是教人『放下』的最好治療師。」

那名男子說，所以後來每當他心煩時，就會來墓園裡坐坐。蘇三環顧那纍纍的墳塚，心裡也產生了類似的感受。

那名男子接著說：「不過，死人也提醒我們——幸好我們還活著。人雙腿一伸，就什麼都不能做了，後悔都來不及；既然還活著，就應該好好珍惜、把握在世的有限時光，不能渾渾噩噩、得過且過。所以，死人也是教人『奮發』的治療師。」

「但這不是跟你剛剛所說的互相矛盾嗎？」蘇三問。

「沒錯，我們對死亡所懷抱的正是這種矛盾的雙情：一方面拒絕死亡，一方面又接受死亡；一方面想要放下，一方面又想要奮發。但這種接受死亡洗禮後的心思，跟原先還是很不一樣的呀！」

墳塚上的野草在微風中輕輕飄動。蘇三想，他就先好好休息一下，再上路吧。

讀完二十多年前寫的這篇文章，雖然我的人生閱歷增加不少，特別是親歷父母及兒子的死亡，但對文中所表達的觀點，我覺得基本上並沒有太大的改變。

我有一個習慣，不管到哪裡，如果知道附近有特別的墓園（某名人或特殊族群、葬式等），而且方便前往，那我通常就會去憑弔，比看什麼風景都更有興致。

我到洛陽旅遊時，曾到香山去看詩人白居易的墓園。經過將近一千五百年，他的墓園依然保存得相當完整（整修過），可見他受後人敬愛的程度。徘徊在他墓前的我想到的是：

據說這塊墓地是白居易自選的，在篤信風水庇蔭的年代，他選的卻是一塊絕地，斷了對子孫榮華富貴、文采風流的期待，只希望他們做個平平凡凡的普通人。有人也許會認爲這未免太奇怪，但現在的我卻已能體會白居易爲什麼會這樣想。能做個普通人，擁有平凡的幸福，也許比在宦海浮沉，更令人嚮往。

在耶路撒冷，除了耶穌苦路和哭牆外，最讓我心有所感的是城外那一大片一大片的猶太人墓園，還有另外也是一大片一大片的阿拉伯人（穆斯林）墓園。生前你爭我奪，如今，大家都靜靜地躺下來，相對已無言；不過那些依然在此走動的猶太人和阿拉伯人，依然是「未死千般恨不消」。

在從波蘭前往捷克途中，我一直期待能到Kutná Hora去參觀全部用人骨裝飾的教堂Kostnice Ossuary，但因為抵達附近時已經天黑而被迫取消行程，成了我那趟旅行最大的遺憾，因為死亡與重生的相互辯證，對我總是具有獨特的魅力。

如果說生與死是兩個不同世界，那麼屍骨及掩埋屍骨的墳墓就是從生入死邊界上的兩個顯著路標。多數人在無意中碰到時，都是匆匆一瞥就快速通過，然後拋諸腦後，平白失去一個對生命做深刻反省的機會。

但我卻喜歡直視它們，因為在仔細思考後，我就會產生前面所說兩種相反的想法或情緒：放下／奮發、接受死亡／拒絕死亡、恐懼／愛戀……，它們都是因死／生而來，對生命的矛盾雙情。

我聽說古埃及人有一種習俗：設宴款待賓客的主人，在宴席進行到一半時，就會抬上一副死人的骸骨，擺在美味佳餚的中間。酒酣耳熱的賓客看了，有的就知所節制，提醒自己不要再用刀叉自掘墳墓；但有的看了卻認爲，人最終都將成爲那副骸骨，所以「人生得意須盡歡，莫使金樽空對月」，而更加縱情吃喝。

在接受死人（死亡）的治療時，我們到底要懂得放下或者更加奮發，那也許要因人因時因地而異吧？或者經常游移在放下與奮發之間，今天提醒自己最好是放下，明天卻又鼓勵自己應該要奮發吧？

但說到底，死亡最後總是會來臨。當死亡日漸逼近時，多數人就會愈來愈懂得放下，而減少奮發的渴望，這也許也是比較理想的情況吧？如果愈來愈放不下，反而想要更加奮發，那不只是在跟自己過不去，恐怕也是對自己人生的一種追悔吧？

對兒子的死亡，剛開始，我的心思一直在「接受」與「拒絕」（無法接受）之間擺盪，但慢慢的，它終於也成爲我不得不接受的一個事實。當我的心思從「拒絕兒子死亡」的不捨慢慢轉向「接受兒子死亡」的遺憾後，我想起《皇明世說新語》裡的一個故事：

孝廉陳琮買了一間別墅，就位於城鎮北郊，與墳場比鄰。有朋友去造訪，往屋外一瞧，觸目所見都是墳冢，不禁皺眉說：「你每天和這些鬼物打交道，一定不會快樂吧？」

陳琮笑說：「不！就是天天看到這些死人，想到自己早晚也是要走上這條路，所以不敢不快樂呀！」

有人懷疑我們夫妻在兒子死後，爲什麼還能夠到處遊山玩水？我只能說：我們也是「不敢不快樂呀！」但其實，我們也是「不敢一直快樂下去」，因爲我們已經了解，終究，一切不過只是夢幻泡影。

34

照自己的意思安排自己告別人間的方式，不只是坦然、瀟脫地面對死亡而已，更是「做自己」的終極演出。

齊白石和曹又方的故事告訴我們，當你和死亡保持親密關係，積極參與自己的死亡時，人生反而變得更長。

小時候隨父親到鄉下一位親戚家，要走一條很長的土石路。在進入村莊前，土石路兩邊都是墳墓。父親指著左前方說：「你伯公的墓就在那裡。」說著，要我隨他合掌低頭默拜。

我從未見過伯公，但小小年紀的我因爲這個舉動而感染了莊嚴肅穆的氣氛。到了親戚家後，久別重逢的親人又立刻歡樂地互相招呼著，而我心中則一直揮不去剛剛在路邊看到的那一堆墳墓。

後來到歐洲旅遊，發現鄉間很多通往教堂的路邊也都是教徒的墳墓區。我才忽然醒悟：不管你是要和上帝或親戚打交道，「先看死人，再看活人」可以說是過去東西文化的共通點。

在從老家要到外地去時，「先看活人，再看死人」；而從外地回到老家時，「先看死人，再看活人」——更是傳統中國鄉村的一個巧妙設計。

在那個時代，我們（活人）跟死人（死亡）比鄰而居，關係是相當親密的。

但現代，大多數人在性命垂危時都被送進醫院，死在醫院裡，然後被安葬（放）在遠離市區的墓園或靈骨塔內，說好聽是「美麗淨土」，但似乎也是一種「眼不見爲淨」，最多每年去探望一次。

這其實是在反映現代人要將死人丟到遙遠地方、拋諸腦後的念頭，我們跟死亡（死人）的關係已經變得愈來愈疏遠。

十多年前，我曾在台大醫學院和長庚醫學院的「生死學」課程裡，有兩節「死亡的文化與歷史觀」。在課堂上，我都會以民國初年享譽國際的畫家齊白石為例，向同學介紹他對死亡的獨特看法：

齊白石出身湖南農家，青少年時代當過木匠，成年後自學詩畫、加入文人圈，然後以自己的巧手和慧心，將這三種不同的人生經驗摻揉在一起，塑造出自己獨特的畫風和生命情調。

從他的畫和生活裡，我們都可以感受到一種純樸、自然、活潑的生命力。在進入「七十古來稀」之年後，他就積極為自己準備後事。在過去，上了年紀的人為自己準備壽衣、壽棺、墓地的不在少數（這些正是與死亡關係親密的具體表現），但齊白石則做得更徹底：

除了準備壽衣、壽棺外，他還買了墓碑，請同鄉汪頌年為自己寫好「處士齊白石之墓」的碑文。七十四歲時，又請諸友人先行「俯賜」墓誌銘、題詞、輓聯以做紀念（免得等自己死後再寫，自己根本看不見）。七十五歲時，選定陶然亭慈悲禪林的一處佳域作為他的埋骨之所。八十三歲時，他更夢見自己的死亡：

在夢中，他看到自己回到湖南故鄉，站在一處丘陵的曬坪邊，望著一列出殯的隊伍走過；一口沒有上蓋的空棺穿越隊伍，急急朝他家走來。他在夢中自想：「這是我的棺，為什麼走得這樣快？」

他從夢中醒來，覺得離奇，遂做了一副自輓聯：「有天下畫名，何若忠臣孝子；無人間惡相，不怕馬面牛頭。」

齊白石就是這樣一個安然看待死亡、親近死亡、積極參與自己死亡、最後還肯定自己死亡的人，結果活到九十四歲才撒手人寰（號稱九十六歲，因為以前算命的說他七十五歲不祥，所以在七十五歲時，自己就「瞞天過海」地跳到七十七歲）。

在十九世紀，「性」是最大的禁忌話題；但二十世紀後，「死亡」則後來居上，大家不僅避談死亡，甚至認爲「多談無用」，將死亡拋諸腦後、天天快樂生活才是明智與成熟的作法。

但不管多快樂、多成熟，死亡還是不會放過你。如果在毫無準備的情況下，死亡忽然逼近，讓人措手不及，那麼很可能就會使自己生命的最後篇章變得既慌亂又草率。與其留下遺憾，不如未雨綢繆，但首先就必須先重建自己和死亡的親密關係，不再忌諱談死，而要將死亡視爲自己此生最後一個親密的朋友。

對現代人來說，也許不必再準備壽衣、壽棺，但可以先考慮或和家人討論自己壽終之後想要的葬式（土葬、火葬、樹葬、花葬等），然後做些準備。而當生命進入末期狀態時，爲了避免無效治療或急救所導致的痛苦，也可以簽署「預立選擇安寧緩和醫療意願書」，讓自己死得自然、安詳而又有尊嚴。

另外，也可以和自己中意的禮儀公司簽訂「生前契約」，決定自己往生後的告別式、葬禮的進行方式等等，完美走完自己人生的最後一里路。

總之，就是以一種歡喜心爲自己準備後事，積極參與自己的死亡。這樣，以自己想要的方式爲自己的人生畫上句點，不僅能讓自己死而無憾，也可以減少在世親人的負擔，何樂而不爲？

知名女作家曹又方在五十六歲時，被診斷得了第三期卵巢癌，動了大手術，醫師預估她只有一年左右的存活期。她積極接受化療、調節飲食、練氣功，兩年多後，癌症復發，她再度接受手術。術後，她決定坦然面對死亡，於是一面整理她作品的精選集，一面籌劃一場特殊的生前告別式。因爲她覺得傳統的喪禮「莊嚴有餘，美感不足」，她要爲自己辦一場既美麗又快樂的告別式。

在看到生平好友喜氣洋洋地前來參加盛會，發表感言、給她祝福，讓她感到很快樂，而在告別式上說：「人要好好的活著，也要好好的死。……活得莊嚴，死得美麗，從從容容爲自己畫下完美的句點，便是一輪美好的人生！」她很感謝大家給她的祝福：「活著聽到大家的讚美，說不定這些話會鼓勵我多活很多年。」

而果真如此。在辦完生前告別式後，她的病情反而得到了控制，出版《淡定．積極．重生》一書，四處演講，與人分享她的抗癌經驗，直到六十七歲才過世，但不是死於癌症，而是心肌梗塞。

有人說生死是自然法則，由不得人。對自己的生，我們也許無法置喙；但對自己的死，卻可以有相當的自主權，最少，我們可以自行決定如何面對自己的死亡。死亡原是極自然的事，爲什麼不能輕鬆、泰然地去面對呢？對人生最後的旅程，爲什麼總是要假手他人，而不願自己主動去參與呢？

照自己的意思安排自己告別人間的方式，不只是坦然、灑脫地面對死亡而已，更是「做自己」的終極演出，享受「做自己」的最後快樂與尊嚴。

齊白石和曹又方的故事告訴我們，當你和死亡保持親密關係，積極參與自己的死亡時，死亡反而會退避三舍，讓你的人生變得更長。

35

生與死、苦與樂、一朝風月與萬古長空、把握當下與長期耕耘，看似互相對立，但其實「是一不是二」。

就像完形心理學裡的少女與老太婆，我們不能偏執一端，要兼顧兩者，才能對生命有完整而圓滿的看法。

我們到底要怎麼看待自己的人生呢？佛陀曾用一個寓言來做比喻：

有一個人在行經荒野時，忽然遇到一頭猛虎，他嚇得轉身逃跑，而老虎則在後面緊追不捨。後來，他跑到一處懸崖邊，用兩手抓著一根垂下的枯籐，身體在半空中搖晃不已。他抬頭上望，崖上的猛虎正對他咆哮怒吼；低頭下望，糟糕！崖下居然也有一頭猛虎，亦張著血盆大口在等著他掉下來。

更要命的是，他發現有一白一黑兩隻老鼠，正奮力啃咬他所攀附的枯藤。就在這千鈞一髮之際，他忽然瞥見崖邊長了一顆鮮美的草莓。於是，他用一手攀藤，而以另一手去摘那顆草莓，送入口中，嘗了一下，不禁讚歎：「味道真是鮮美啊！」

這則寓言可以說是人生的一個生動比喻：我們的人生不僅短暫，而且充滿了各種悲與苦，經常面臨前無去路，後有追兵的窘境。但儘管如此生受磨難、命若遊絲，在千鈞一髮之際，我們還是應該把握當下，專注而忘情地品嘗短暫人生裡的有限歡樂，並由衷發出讚歎：「味道眞是鮮美啊！」

也就是說，儘管人生有很多苦，但我們還是要懂得、甚至必須學習如何「苦中作樂」，不僅是爲了暫時忘掉那些苦、平衡那些苦，更是在爲自己的人生締造光采，帶來一些值得繼續活下去的事體和意義。

這個樂或這些樂，跟苦一樣，不單是肉體上的，更有精神層面上的。

有人也許會認爲，如果人生只有快樂沒有痛苦，那該有多好？但這無異是痴人說夢。不管你認爲痛苦與快樂在人生中各占多少比例，它們都不可能單獨存在，因爲你若沒有經驗過快樂，你也就不知道什麼叫痛苦；而人生若沒有痛苦，快樂也將失去意義。

苦與樂可以說是一體的兩面，今天的快樂可能變成明天的痛苦，而今天的痛苦也可能爲明天帶來快樂。苦與樂就像秤與錘，只有合在一起運作，才能發揮作用，生命也才能顯出意義。

但不管你是活三十歲或九十歲，有過多少苦與樂，也都像莊子所說：「人生天地之間，若白駒之過隙，忽然而已。」跟無盡的時空相較，也只不過是一剎那而已，從這個角度來看，人生的長短與苦樂也都成了夢幻泡影，何必再去計較孰長孰短、又有什麼苦、多少樂呢？

宋朝的善能禪師有一句法語：「不可以一朝風月，昧卻萬古長空；不可以萬古長空，不明一朝風月。」雖然原意是在說禪宗自性的體與用，卻也是對上述觀點提出針砭的智慧之言：

「一朝風月」說的是我們短暫人生裡的苦樂，而「萬古長空」則是在指我們生前和死後永恆而無盡的空無。與「萬古長空」相較，人的生命與苦樂的確像白駒過隙，雖然短暫，但畢竟也是風花雪月；而且正因爲只有短暫的「一朝」，所以才顯得更迷人，更值得珍惜。但我們也不能耽溺在生命的風花雪月、苦樂悲歡中，而忘了到頭來一切都將消失得無影無蹤，轉爲夢幻泡影，成了萬古長空。

「一朝風月」與「萬古長空」，跟前面的「樂」與「苦」類似，又是一組彼此對立而又矛盾的觀念。但同樣的，我們不能只做單方面的考慮，不能顧此失彼，只在意或執著於某一端。

理想的情況應該是：當你沉醉在「一朝風月」裡時，要知道那終將成為「萬古長空」；而當你感傷於「萬古長空」時，也不要忘了還有「一朝風月」。這是一種特殊而又奇妙的「兩者兼顧」。

我年輕時候讀到一句格言：「要像你明天就會死一般生活，也要像你能永遠活著般學習。」當時因人生閱歷有限，還無法了解它的深意；直到後來，看到自己的親人、朋友一個個死去，有的年紀還很輕，才慢慢體認它眞正的含意：

雖然說人早晚會死，但誰也無法確定什麼時候死，說不定明天就會死，所以要好好珍惜每一天，認眞生活，不只做好該做的事，也不要忘了讓自己輕鬆一下，盡量做到死而無憾，也就是「要像你明天就會死一般生活」。

但你更可能明天不會死，說不定還可以活很久，所以你也不能天天輕鬆過活，瀟灑度時光，而應該好好為可能還很漫長的人生做長遠的規劃與準備，認眞學習，以免到時捉襟見肘，平白糟蹋老天賞賜給你的多餘人生，也就是「要像你能永遠活著般學習」。

在過了「人生七十古來稀」之齡後，這句格言就愈來愈有迫切的眞實感。但當我正愉快地研擬未來幾年的旅遊與寫作計畫時，忽然聽到某同齡友人在昨天過世的噩耗，就好像被當頭潑了一盆冷水，不僅澆熄了我剛剛升起的滿腔熱情，而且還直打哆嗦，感覺有什麼人在高空縱聲嘲笑著我。

這句格言其實跟前面的「樂」與「苦」、「一朝風月」與「萬古長空」如出一轍，都是兩個彼此矛盾、相互對立之觀念的並存。也許生命本就充滿了這一類的弔詭，但我們很難同時兼顧兩者，而總是掉進偏執一端（邊）的泥沼，結果，對生命就難以有完整而圓滿的看法。

爲了打破這種偏執，禪宗六祖惠能提出三十六組對立的觀念，譬如生死、有無、動靜、苦樂等等，然後說：「若有人問汝義，問有，將無對；問無，將有對。」你說有，我就說無；你說無，我就說有；這不是故意唱反調，而是一種思考訓練，當你偏執某一面時，我就提醒你還有另一面；如此反覆練習，最後超越二元對立，在更高的層次上將它們統合爲一，也就是醒悟有與無、苦與樂、一朝風月與萬古長空、把握當下與長期耕耘等「是一不是二」。

完形心理學裡的曖昧圖形可以對此提出更簡單易懂的說明。相信很多人都看過這樣一張插畫：它有時候看起來像一個妙齡少女的側面頭像，有是看起來又像一個老太婆的臉；不過你只能看到其中一個，而無法同時看到少女與老太婆。

少女與老太婆看似獨立存在，而且矛盾；但卻又同時存在於這張插畫裡，「是一不是二」。當我們看到妙齡少女時，不要忘了她會變成老太婆；而當我們看到老太婆時，也不要忘了她是妙齡少女變的。

少女與老太婆就像前面所說的有與無、苦與樂、一朝風月與萬古長空、把握當下與長期耕耘，看似互相對立，但其實「是一不是二」，我們不能顧此失彼，才能對生命有完整而圓滿的看法。

而生與死就是最基本的一組二元對立，我們也不能只偏執於一端，而應該體認人生本就有生有死，可生可死，生不忘死，死不忘生，生與死「是一不是二」，該生的時候生，該死的時候死……它們，也就不再是困擾我們的大問題。

谷神在芝加哥河遊輪上攝影

36

千古艱難惟一死，如何讓死亡不再像預想中那樣可怕與艱難，古往今來的智者達人為我們提供了各種教材。

為自己準備一個安詳、自在、有意義、莊嚴、詩情畫意、乃至於別開生面、瀟灑的死，是我們此生最後的功課。

「人生自古誰無死」？每個人早晚都要死，但「千古艱難惟一死」，當死亡眞的來臨時，大部分的人卻都顯得恐懼、驚惶、做無力而又無用的掙扎，或早已陷入昏迷，不醒人事，然後無可奈何花落去。

我第一次目睹死亡，是我醫學系五年級在台大醫院見習時，一個肺癌病人臨死前斷續啜泣、哀號幾達十分鐘之久，當時的我一下子被那悽慘的場面震懾住了。

我覺得那應該是一種「垂死的掙扎」，而「掙扎」使得必然的死亡益形「悲慘」。往後幾天我一直在想，當我死時，我會像他那樣啜泣哀號嗎？

我因此而寫了一篇〈面對死神，不必卑屈〉（收錄在《實習醫師手記》），在那篇短文裡，我先說：「醫師也許較能冷靜面對自己的死亡，俄國小說家兼劇作家契訶夫醫師，患有肺結核，臨死時喝了一杯很久沒有喝的香檳酒，然後說：『我死了。』翻過身去，便與世長辭。在死神面前，他既不哀號求生，也不掙扎，也不畏縮，而是自主地、坦然地接受必然的它。」

然後又提到我很喜歡的一位畫家：「據說荷蘭畫家林布蘭臨死前，請他的朋友房龍念

《聖經》裡雅各與天神摔跤的故事給他聽，然後林布蘭以沾滿油彩的手指放在胸前說：『那人說，你的名不要再叫雅各，要叫林布蘭，因爲你與神與人較力，都得了勝……單獨一人……但最後都得了勝。』然後，『得勝』的他閉上了眼睛。在死神帶走他之前，他毅然宣布『得勝』的是他，從林布蘭在美術史上的不朽地位來看，『得勝』的的確是他，他不必在死亡面前屈膝落淚。」

最後，我提到當時依然活著的米羅：「今年八十五歲仍作畫不休的米羅，常對人說，他臨終的遺言是『他媽的！』三個字。他蔑視死亡，因爲死亡無法使他繼續繪畫、繼續工作。

每當我看到垂死的病人時，『我死了』、『我得勝了』、『他媽的』這幾句話總會浮現在我的腦際。我多麼希望他們能說出類似的看法，能有一個比較像樣、比較光榮的結束生命方式。但我看到的只是恐懼的眼神與顫抖的嘴角，然後就無可奈何花落去。既然死亡是必然的，何必在它面前如此卑屈呢？」

匆匆已過了近半個世紀，在看過更多死亡、特別是自己親人的死亡後，雖然對多數人在面對死亡時的恐懼、驚惶或掙扎，已有較多同情的了解，也更能給予尊重和接納，不過我還是覺得我們對死亡可以有較正面和開朗的看法：

死亡雖然意味著生命的終結，但其實也是生命不可分割的一部分。沒有死亡的生命不僅是殘缺的，而且就像不朽的花，是不會有香味的。一個明理的人不會對必然的死亡做不必要的拖延，更不會拒絕死亡，他在意的是如何爲自己的生命畫上完美的句點。

莊子說：「善吾生者，乃所以善吾死也。」身爲一個人，在有生之年能好好地活著，珍惜有限的時光做了不少值得自我肯定的事，有美好的家庭生活和人際關係，覺得生而無憾，那麼也就能好好地死，覺得死也無憾。把生當做好事，也把死當做好事，只要你能「活得充實」，自然就能「死得安詳」，平心靜氣地接納死亡，而不再對它感到焦慮、驚惶、恐懼與悲痛。

對你我平凡人來說，能好好地活著，好好地死亡；生而無憾，死也無憾；活得充實，死得安詳；這其實也已經是難得的、功德圓滿的人生旅程。但還是有人希望更進一步，能賦與自己的死亡以特別的意義。

司馬遷在《報任安書》裡說：「人固有一死，或重於泰山，或輕於鴻毛」，因個人的貪杯好色或疏忽大意而死，那就可能是「輕於鴻毛」，看不出有什麼意義和價值；但如果是爲了堅守自己的信念而死，譬如文天祥的從容就義、「留取丹心照汗青」；或是爲了搶救他人生命財產而自己不幸罹難的消防人員等，都可以說是死得「重於泰山」，讓人敬佩與感念。

《左傳》裡有個故事說：孔子的門生子路在衛國內亂時，挺身而出護衛他的主人孔悝，對抗蒯聵，但被蒯聵派人擊殺，戴在頭上的帽帶斷了，他在臨死之前，鼓其餘力，堅持把帽帶綁好。有人也許會認爲子路是多此一舉，甚至有點迂腐；但子路這樣做是在表示「君子就算死，也要把帽子戴端正！」除了個人信念外，更在告訴後人：就算死，也要死得從容、端正、光明磊落。

而教人要如何「了生死」的中國禪宗，更有不少禪師在死亡降臨自身時，以身作則，爲我們提供很多發人深省的示範：

宋朝有位道祖禪師，是圜悟禪師的首席弟子。有一天在和衆師弟論道時，忽然說：

「死亡到來時，如何迴避？」衆師弟不知如何回答，道祖突然丟下拂子，奄然坐化。衆師弟見狀，手足無措，有人飛奔去報告師父圜悟禪師。

圜悟來到後，喊道：「道祖首座！」道祖張開眼睛，瞧了瞧師父。圜悟說：「抖擻精神透關去！」道祖點點頭，雙手合十，說聲：「謝謝！」於是又閉上眼睛，溘然長逝。

想要參透生死大關的禪師，抓住自己死亡這個難得的機會，抖擻精神去參透生命的最後一關，雖然無法回來和大家分享他的經驗與領悟，但也算是貫徹始終。

宋朝另有一位性空禪師，在賊寇荼炭生靈時，他曾冒死去感化賊寇；後來年老力衰，自知死之將至，於是當衆宣布要坐在水盆中逐波而化。他坐在一個盆底留了一個洞的盆子裡，口中吹著橫笛隨波逐流，在悠揚的笛聲中，愈流愈遠，終於在水中坐化。

這種「眞風遍寄知音者，鐵笛橫吹作散場」，其實是蠻詩情畫意的，但大概也只有參透生死的人做得到吧？

唐朝還有一位隱峰禪師更絕，他在臨終前問衆人：「各地的大德離世時，有的坐著，有的躺著，我都見過。不知道有沒有站著去世的？」有人說：「也有。」隱峰又問：「那倒立著去世的，有沒有？」大家都說沒見過。隱峰禪師於是倒立而亡。

即使死了，也要死得「別開生面」。我想，只有真正勘破生死的人，才能死得這麼瀟灑，這麼有創意吧？

上面所舉，也許只是少數的特例，但無一不是可以成爲我們反思的教材。如何活著，需要學習；如何死，同樣需要學習。

「千古艱難惟一死」，如何讓死亡不再像預想中那樣可怕與艱難，而能夠爲自己準備一個安詳、自在、有意義、莊嚴、詩情畫意、乃至於別開生面、瀟灑的死，是我們此生最後的功課。

附錄

塵・星

嚴曼麗

2007 年與谷神遊北大

小朋：

今天是除夕，媽媽想給你寫封信，雖然不曉得要寄到哪裡。

十幾年前你到國外念書，後來就業，儘管偶而用用伊媚兒，媽媽都沒正式給你寫過信，我們只在MSN、Skype、Line上頭隨意聊聊。那時候你遠在大洋彼岸，透過這些網路管道，媽媽覺得你近在咫尺。

半年多前你搭火船遠走高飛，什麼都沒帶，隻身前往我無從探訪的地方。媽媽知道你再也不回來了。

不回來，你也什麼話都沒留給媽媽，所以媽媽只好到夢裡去找，到你沒帶走的一屋子東西、滿檔案圖像和文字裡去找。

有一晚，媽媽看到你趴在床上，沒蓋被子，過去要給你蓋被，你竟坐起來了，我說你這樣會著涼的，你笑笑。我問你餓不餓，媽媽幫你煮碗麥片好不好？結果沒聽到你回答，我就醒了。那是在你遠行後沒幾天。

那段時間，媽媽完全和你說不上話，沒有任何管道。姊姊說在夢裡看見你開門，她想抱抱你，你卻跟她說要「趕時間」，你趕著去哪裡呢？

媽媽不知道你去了哪裡。你一位據說能「觀」的堂姨說你是從天上來的，現在直接回天上去了。「天上」是個怎樣的地方？媽媽想得到的是你會不會就成了「山下有風」那恆常存在的風？

縱浪在大化之中，瀟灑自在，無羈無絆無罣礙。

因此，當風來時，媽媽會覺得你就在身邊。那一晚，不知道爲什麼，媽媽明明很累，睡意卻變成魘，黑暗中一堆怪異圖像不斷閃現。後來在似睡非睡之間，明顯感覺有涼涼的風，媽媽看見你穿著一身黑衣黑褲，帥氣坐在吧檯前的高腳凳上，笑著問我：「妳爲什麼會這樣想？」

小朋，媽媽眞眞切切聽到你的聲音了，而且眞眞切切知道你問的是關於「深海魚」那個你來不及完成的動畫構想。媽媽想，至少幫你把故事大綱寫出來，做不成動畫，做繪本也行啊。「深海魚」的發想你說過，媽媽一直覺得那會是個有深意的短片。

其實，媽媽最愛聽你聊點子談構想。有一回，你不動聲色秀了五秒鐘的「比目魚隱形」動畫，當時媽媽超驚喜的。那是你的第一個動畫，二十年前你還在申請學校時的習作。

後來，你在SVA發表畢業作品《*Hallucii*》、回台後獲得文化部補助的動畫影集《看見你的氣味》提案、去年你考慮以「夢」作短片的主題，這些構想醞釀過程的艱辛和愉悅，媽媽很高興你都能同我和把拔訴說與分享。

你有很多想法，你希望能孕育出獨特的角色。你說過角色是動畫的靈魂，設計好角色，編織好故事，媽媽知道你一直想爲台灣動畫創造出色的作品。

只是，「創作」的路子走來艱難，而且注定孤寂。前年你在住家附近發現一隻老貓，你素描了這貓的一身愁苦，還告訴我說這是隻「厭世貓」。後來你爲這貓造了許多型，打算做成NFT。我建議你不妨爲牠寫個故事，說不定會是個有趣的角色。

不過，這只是媽媽的一廂情願。你向來長於圖像思考，而我則習慣文字，所以自然希望你用文字表達。何況，媽媽一直認爲你的文字不僅影像感飽滿，視角別致，更混搭詩意與幽默，有屬於你個人的鮮明風格。很多年前你在部落格發表過幾篇科普文章，我覺得不下於把拔，可惜那些作品沒有留底，再也無處尋覓。後來你寫得不多，但在臉書偶見的篇章，還是看得到你一貫對意象呈現細膩而精準的要求，以及對純粹與質感的堅持。也許這正是你的天賦，天賦難得，所以我和把拔才會鼓勵你行有餘力的話不妨也試試圖文書。

都說創作者能預知自己的未來。現在回看，你的《*Hallucii*》雖然爲你掙得了不少獎項榮譽，卻也讖言一般預示你的生命，你以爲已經突圍，其實是陷入更大的困局中。

爲什麼會這樣？小朋，你剛走遠那幾天，媽媽一直悔不當初。如果當初不是那麼急切讓你不足齡便入學，慢一年，不一樣的「開始」，你的人生會不會就不一樣了呢？走在不同的路上，遇到不同的人，有不同的際遇，做不同的選擇……把你導入那個「開端」，看來是媽媽錯了，媽媽沒法子原諒自己。

一九七九年雙十節前一天，媽媽和把拔在一場和醫界前輩的座談會後晚宴中，該你出場的時間還沒到，你就迫不及待的來了；原本可以在數位藝術圈子再玩個幾十年，你卻在二〇二二年的「五四」文藝節無預警退群，說走就走。

小朋，你讓媽媽親睹了一個人整段的人生，但這並不正常，「正常」應該是只能看到半段，父母看到孩子的前半段，孩子看到父母的後半段，而你竟然讓媽媽看了你「整段」的人生。

來去一遭，儘管我們都是廣袤宇宙間的微塵，可你這粒小微塵，卻是媽媽心眼裡的星鑽。

如鑽之星都住天上。

今夜，有雲。媽媽想，你會不會就在雲端……

谷神讓媽媽看了他「整段」的人生

悲・慧・生死書：
為谷神和自己而寫

看世界的方法 229

作者	王溢嘉
圖片提供	王溢嘉
封面設計	兒日
內頁設計	吳佳璘
內頁排版	華漢電腦排版有限公司
責任編輯	魏于婷
董事長	林明燕
副董事長	林良珀
藝術總監	黃寶萍
社長	許悔之
總編輯	林煜幃
副總編輯	施彥如
美術主編	吳佳璘
主編	魏于婷
行政助理	陳芃妤
策略顧問	黃惠美・郭旭原・郭思敏・郭孟君
顧問	施昇輝・林志隆・張佳雯・謝恩仁
法律顧問	國際通商法律事務所／邵瓊慧律師
出版	有鹿文化事業有限公司
地址	台北市大安區信義路三段106號10樓之4
電話	02-2700-8388
傳真	02-2700-8178
網址	http://www.uniqueroute.com
電子信箱	service@uniqueroute.com
製版印刷	鴻霖印刷傳媒股份有限公司
總經銷	紅螞蟻圖書有限公司
地址	台北市內湖區舊宗路二段121巷19號
電話	02-2795-3656
傳真	02-2795-4100
網址	http://www.e-redant.com

ISBN：978-626-7262-13-9
EISBN：978-626-7262-15-3
初版一刷：2023年5月

定價：400元

國家圖書館出版品預行編目（CIP）資料

悲．慧．生死書：爲谷神和自己而寫 / 王溢嘉著．

—— 初版．—— 臺北市：有鹿文化事業有限公司，

2023.05

面；公分．—（看世界的方法；229）

ISBN 978-626-7262-13-9（平裝）

863.55　　112003375